文通天下

突 破 认 知 的 边 界

杨旭光 编著

车马春山
慢慢行

光明日报出版社

图书在版编目（CIP）数据

车马春山慢慢行 / 杨旭光编著. -- 北京 ： 光明日报出版社，2025.3. -- ISBN 978-7-5194-8377-7

Ⅰ. Ⅰ262

中国国家版本馆CIP数据核字第2025EF9747号

车马春山慢慢行

CHE MA CHUN SHAN MAN MAN XING

编　　著：杨旭光

责任编辑：徐　蔚　　　　　　　　　责任校对：孙　展

特约编辑：何江铭　胡　峰　　　　　责任印制：曹　净

封面设计：仙境设计

出版发行：光明日报出版社

地　　址：北京市西城区永安路106号，100050

电　　话：010-63169890（咨询），010-63131930（邮购）

传　　真：010-63131930

网　　址：http://book.gmw.cn

E－mail：gmrbcbs@gmw.cn

法律顾问：北京市兰台律师事务所龚柳方律师

印　　刷：河北文扬印刷有限公司

装　　订：河北文扬印刷有限公司

本书如有破损、缺页、装订错误，请与本社联系调换，电话：010-63131930

开　　本：146mm×210mm　　　　　　　印　　张：8

字　　数：145千字

版　　次：2025年3月第1版

印　　次：2025年3月第1次印刷

书　　号：ISBN 978-7-5194-8377-7

定　　价：49.80元

辑一
桃李春风
一杯酒

辑二
杏花疏雨
急急落

辑三
当时年少
春衫薄

IV

辑四
欲买桂花
同载酒

辑一

桃李春风一杯酒

繁华褪去，我们才看见真实的自己。

在人生这个社交场上，我们每个人都经历过繁华，那儿灯红酒绿，觥筹交错，人人互相称赞，可实际又有多少人真正关注自己？

当褪去漂亮的衣衫、抛掉时刻的伪装时，我们才能看清真正的自己，回归真实的生活。

西湖七月半

[明] 张岱

西湖七月半，一无可看，止可看看七月半之人。看七月半之人，以五类看之。其一，楼船箫鼓，峨冠盛筵，灯火优傒[1]，声光相乱，名为看月而实不见月者，看之。其一，亦船亦楼，名娃闺秀，携及童娈，笑啼杂之，环坐露台，左右盼望，身在月下而实不看月者，看之。其一，亦船亦声歌，名妓闲僧，浅斟低唱，弱管轻丝，竹肉相发，亦在月下，亦看月而欲人看其看月者，看之。其一，不舟不车，不衫不帻，酒醉饭饱，呼群三五，跻入人丛，昭庆、断桥，嘄呼[2]嘈杂，装假醉，唱无腔曲，月亦看，看月者亦看，不看月者亦看，而实无一看者，看

1　优傒（xī）：优伶和仆役。

2　嘄（jiào）呼：呼喊。

之。其一，小船轻幌[1]，净几暖炉，茶铛旋煮，素瓷静递，好友佳人，邀月同坐，或匿影树下，或逃嚣里湖，看月而人不见其看月之态，亦不作意看月者，看之。

杭人游湖，巳出酉归，避月如仇。是夕好名，逐队争出，多犒门军酒钱，轿夫擎燎，列俟岸上。一入舟，速舟子急放断桥，赶入胜会。

以故二鼓以前，人声鼓吹，如沸如撼，如魇如呓，如聋如哑。大船小船，一齐凑岸，一无所见，止见篙击篙，舟触舟，肩摩肩，面看面而已。少刻兴尽，官府席散，皂隶喝道去。轿夫叫船上人，怖以关门，灯笼火把如列星，——簇拥而去。岸上人亦逐队赶门，渐稀渐薄，顷刻散尽矣。

吾辈始舣舟[2]近岸，断桥石磴始凉，席其上，呼客纵饮。此时月如镜新磨，山复整妆，湖复颒面[3]。向之浅斟低唱者出，

---

1 幌（huǎng）：布幔。

2 舣（yǐ）舟：使船靠岸。

3 颒（huì）面：洗脸。

匿影树下者亦出。吾辈往通声气，拉与同坐。韵友来，名妓至，杯箸安，竹肉发。月色苍凉，东方将白，客方散去。吾辈纵舟，酣睡于十里荷花之中，香气拍人，清梦甚惬。

【译文】

西湖七月半时，没有什么好看的，唯一可看的只有那些来看七月半景致的人。来看七月半景致的人可以分为五类：

第一类，坐在楼船上，吹箫击鼓，穿戴得光鲜整齐，身旁灯火明亮，优伶和仆从相随，乐声和灯光相杂乱，名为赏月实则看不见月亮——这种人可以看一看。第二类，也坐在楼船上，带着美貌佳人和俊美少年，嬉笑打闹地环坐露台，左盼右顾，置身月下其实并不看月——这种人可以看一看。第三类，也坐船，也奏乐，带着歌妓闲僧，浅酌低唱，丝竹轻柔，歌喉清亮，也置身月下，也看月，却又希望别人看他们看月——这种人可以看一看。第四类，不坐船不乘车，不穿长衫不戴头巾，酒足饭饱之后叫上三五同伴挤入人群，在昭庆寺、断桥一带胡乱喧闹，假装喝醉，唱些没腔的曲子，也看月，也看看月的人，也看不看月的人，其实却什么也没看的人——这种人可以看一看。第五类，乘着纱幔小船，船中茶几洁净，茶炉正炽，茶铛煮沸后便将素瓷茶盅静静递给好友、佳人，邀月同坐，或隐在树荫下，或去湖心避开喧嚣。他们看月，但别人看不到他们看月的样子，他们自己也不刻意看月——这种人，也可以看一看。

杭州人游西湖，都是上午十点左右出门，下午六点左右回来，躲月亮跟躲仇人一般。可到了这天晚上，他们借着七月半的名头成群结队地出城，还会多给守城士卒一些酒钱，而轿夫们则高举火把，在岸上列队等候。一上船，他们就催船夫把船划向断桥，赶去参加盛会。

因此在二更前，人声和鼓乐声恰似水开了、地震了，像梦魇、像说梦话，既像聋了听不到别人的说话声，又像哑了无法让别人听到自己说话。大船小舟，一齐靠向岸边，什么都看不见，所能看到的只是船篙与船篙相击，船与船相撞，肩与肩相摩擦，脸与脸相对。

不多时，兴致已尽，官府宴散，衙役喝道而去。轿夫则招呼船上的人，用要关城门了的话来恐吓游人，催他们赶紧回去。于是灯笼、火把跟一行行星星似的，一一簇拥着回去了。岸上的人也一批批地急赴城门，人影渐渐稀少，顷刻间全部散去了。

到了此时，我们这些人才把船靠近岸边，断桥处的石阶有点凉了，我们摆开酒宴，招呼客人开怀畅饮。

月亮如新磨的铜镜光洁明亮，山峦似乎重新整理了容妆，湖水也重新洗了一把脸。先前浅酌低唱的人出来了，隐在树荫下的人也出来了，我们和他们打过招呼后就拉来同坐。来了趣味相投的朋友，来了名动一时的歌妓，便杯筷各安其所，歌乐齐发。直到月色苍凉、东方欲晓，客人才纷纷散去。

我们这些人就任舟荡漾，酣睡于十里荷花之中，香气袭人，清梦酣畅。

同样取决于自己。

自己；生活也可以很简单，

生活可以很难，这取决于

目的地自会出现。

他手头有什么工作，也不问

目的地在哪儿，因为出了门

今天天气正好，出门吧，管

好了，难的是我们放不下。

么难事，放下汲汲追求的就

想让心闲下来从来不是什

龙山雪

[明] 张岱

　　天启六年十二月，大雪深三尺许。晚霁，余登龙山，坐上城隍庙山门，李岕生、高眉生、王畹生、马小卿、潘小妃侍。

　　万山载雪，明月薄之，月不能光，雪皆呆白。坐久清洌，苍头送酒至，余勉强举大觥敌寒，酒气冉冉，积雪欱¹之，竟不得醉。马小卿唱曲，李岕生吹洞箫和之，声为寒威所慑，咽涩不得出。三鼓归寝。马小卿、潘小妃相抱从百步街旋滚而下，直至山趾，浴雪而立。余坐一小羊头车，拖冰凌而归。

1　欱（hē）：喝。

【译文】

天启六年（1626年）十二月，天降大雪，积雪深达三尺。晚上雪停，我登上龙山，坐在城隍庙的山门处，李芥生、高眉生、王畹生、马小卿、潘小妃陪伴着我。

万山披雪，月光稀薄，没有什么光亮，雪白得有点呆滞。坐久了觉得清冷，刚好老仆人送酒来，我用大杯子喝酒勉强抗寒。酒气冉冉而起，却都被积雪吸去了，怎么喝也喝不醉。马小卿唱曲子，李芥生吹洞箫附和，但因为寒气的威慑，声音艰涩得吹不出来。三更的时候我们才回去睡觉。

下山时，马小卿、潘小妃互相抱着从百步街滚了下去，一直滚到山脚，站起来满身是雪。我坐着一辆小羊头车，一路拖着冰凌回家。

漫漫人生，我们会遇到很多人，能聊到一起就是缘分，能走上一程那就缘分很深了。

遗憾是人生的常态，不要为了不值得的人耗费生命，珍惜陪伴你的人，珍惜给你温暖的人。

错过了的终究是不适合你的人，这是上天安排好的。

要记住，悲伤是爱的代价，但爱是生命的光啊！

项脊轩志

[明]归有光

项脊轩，旧南阁子也。室仅方丈，可容一人居。百年老屋，尘泥渗漉，雨泽下注；每移案，顾视无可置者。又北向，不能得日，日过午已昏。余稍为修葺，使不上漏。前辟四窗，垣墙周庭，以当南日，日影反照，室始洞然。

又杂植兰桂竹木于庭，旧时栏楯，亦遂增胜。借书满架，偃仰啸歌[1]，冥然兀坐[2]，万籁有声；而庭阶寂寂，小鸟时来啄食，人至不去。三五之夜，明月半墙，桂影斑驳，风移影动，珊珊可爱。

---

1 啸（xiào）歌：长啸或吟唱。

2 冥（míng）然兀（wù）坐：静静地独自端坐着。

然余居于此，多可喜，亦多可悲。先是庭中通南北为一。迨诸父异爨[1]，内外多置小门墙，往往而是，东犬西吠，客逾庖而宴[2]，鸡栖于厅。庭中始为篱，已为墙，凡再变矣。

家有老妪，尝居于此。妪，先大母婢也，乳二世，先妣抚之甚厚。室西连于中闺，先妣尝一至。妪每谓余曰："某所，而母立于兹。"妪又曰："汝姊在吾怀，呱呱而泣；娘以指叩门扉曰：'儿寒乎？欲食乎？'吾从板外相为应答。"语未毕，余泣，妪亦泣。

余自束发读书轩中，一日，大母过余曰："吾儿，久不见若影，何竟日默默在此，大类女郎也？"比去，以手阖[3]门，自语曰："吾家读书久不效，儿之成，则可待乎！"顷之，持一象笏至，曰："此吾祖太常公宣德间执此以朝，他日汝当用之！"瞻顾遗迹，如在昨日，令人长号不自禁。

1 迨（dài）诸父异爨（cuàn）：等到伯父、叔父们分了家。

2 逾庖而宴：越过厨房去吃饭。

3 阖（hé）：关上。

轩东故尝为厨，人往，从轩前过。余扃牖[1]而居，久之，能以足音辨人。轩凡四遭火，得不焚，殆有神护者。

项脊生曰："蜀清守丹穴，利甲天下，其后秦皇帝筑女怀清台；刘玄德与曹操争天下，诸葛孔明起陇中。方二人之昧昧于一隅也，世何足以知之，余区区处败屋中，方扬眉、瞬目，谓有奇景。人知之者，其谓与坎井之蛙何异？"

余既为此志，后五年，吾妻来归，时至轩中，从余问古事，或凭几学书。吾妻归宁，述诸小妹语曰："闻姊家有阁子，且何谓阁子也？"其后六年，吾妻死，室坏不修。其后二年，余久卧病无聊，乃使人复葺南阁子，其制稍异于前。然自后余多在外，不常居。

庭有枇杷树，吾妻死之年所手植也，今已亭亭如盖矣。

1 扃（jiōng）牖（yǒu）：关着窗户。

【译文】

项脊轩，是过去的南阁楼，面积十平方米左右，只能供一个人住。这座百年老屋，常落灰尘、漏雨。每次落灰尘、漏雨，我都要搬动书桌，环视四周，没有可以放的地方。房子又是朝北的，没有阳光，一过了中午就变得昏暗。我稍稍修理了一下，使它不掉灰尘、漏雨。在前面开了四扇窗子，还在周围修了一圈矮墙，用来挡南面的阳光，让阳光反射进室内，屋子这才亮起来。

我又在庭院里胡乱种些兰花、桂树、竹子等草木，旧时的庭院也变得好看起来。把书架摆满，我仰头高声吟诵诗歌，或静静地端坐，听自然界各种各样的声音。庭院、台阶都静悄悄的，小鸟时不时飞来啄食，人走到它跟前也不飞走。农历每月十五的夜晚，明月照亮半截墙壁，桂树的影子交杂错落，微风吹过树影摇动，美好可爱极了。

住在这里，虽然有许多高兴的事，然而也有许多伤心事。一开始，庭院南北连通，等到叔伯父分了家，室内外设置了许多小门、墙壁，到处都是。分家后，各家狗不认识别家人，叫声此起彼伏，客人穿过厨房去吃饭，鸡飞到厅堂里。我于是在庭院中修篱笆隔开，然后又砌了墙，一共变了两次。

家中有个老妇人，曾经在这里住过，她是我已经去世的祖母的婢女，给两代人喂过奶，先母对她很好。房子的西边和内室相连，我母亲曾经来过这里。老妇人每次都对我说："这个地方，你母亲曾经站在这里。"老妇人又说："我把你姐姐抱在怀里，她哭个不停，你母亲用手指敲着房门说：'孩子是冷了吗，还是想吃东西？'我隔着门板和她说话。"她话还没有说完，我就哭起来，她也哭了。

从十五岁起我就在项脊轩内读书，有一天，祖母来看我，说："我的好孙子，祖母好久没有看到你了，怎么整天待在这里，像个女孩子一样？"等到要离开了，祖母一边关门一边自言自语："我们家的读书人好久没有得到功名了，你这孩子应该能行，指日可待！"过了一会儿，她拿着一个象笏过来，说："这是我的祖父太常公宣德年间上朝时用的，以后你用得着它！"我看着旧日事物，感觉事情就像发生在昨天，让人忍不住放声大哭。

项脊轩的东边曾经是厨房，人要去那里得从轩前经过。我关着窗子住轩里，时间久了，能够根据脚步声分辨是谁。项脊轩一共遭过四次火灾，没有被烧毁大概是有神灵保佑吧。

　　我说：巴蜀有一名寡妇叫清，守着丈夫留下的朱砂矿不再嫁，富甲天下，后来秦始皇为表彰她而筑了女怀清台。刘备和曹操争夺天下时，诸葛孔明得以走出隆中建功立业。这两人住在偏僻的地方时，有谁知道他们？我住在这陋室之中，扬眉眨眼，自认为屋中有奇景。人们若是知道这件事，或许会说我是井底之蛙吧？

　　我写这篇关于项脊轩的文章后，过了五年，妻子嫁到我家来。她常常到轩中来，问我一些旧事，有时靠在书桌上学写字。妻子回娘家探亲后，回来讲述她小妹妹们的话："听说姐姐家有个阁子，什么叫阁子呢？"过了六年，妻子去世了，项脊轩破败也没有整修。又过了两年，我久病卧床，百无聊赖让人修整了阁子，整体布局和之前稍微不同。然而之后我常年在外，没怎么去住。

　　庭院中有一棵枇杷树，是我妻子去世那年她亲手种的，如今已经长得高高挺立，枝叶繁茂得像伞一样。

春山如黛、春水如画，一个人纵然可以观赏，哪有和朋友上春山美妙？

真正的朋友，不一定天天见，但一定心心念念；不一定天天问候，可一旦有事，连一句客套话都不用，直奔主题。

彼此互相了解，心心相连，虽相隔千山万水，但友谊永恒不变。

山中与裴秀才迪书

[唐]王维

近腊月下，景气和畅，故山殊可过。足下方温经，猥不敢相烦，辄便往山中，憩感配寺，与山僧饭讫¹而去。

北涉玄灞，清月映郭。夜登华子冈²，辋水³沦涟，与月上下。寒山远火，明灭林外。深巷寒犬，吠声如豹。村墟夜舂，复与疏钟相间。此时独坐，僮仆静默，多思曩昔，携手赋诗，步仄径，临清流也。

1 饭讫（qì）：吃完饭。

2 华子冈：王维辋川别业中的一处胜景。

3 辋水：辋谷水，在今陕西蓝田南。

当待春中，草木蔓发，春山可望，轻鲦[1]出水，白鸥矫翼，露湿青皋，麦陇朝雊[2]，斯之不远，倘能从我游乎？非子天机清妙者，岂能以此不急之务相邀。然是中有深趣矣！无忽。

因驮黄檗人往，不一，山中人王维白。

【译文】

近来正值腊月，气候温和舒畅，旧居蓝田山很值得一游。您正在温习经书，我不敢打扰，便自己到山中去了，在感配寺休息，与山僧吃了顿饭便离开了。

我向北渡过玄色灞水，清朗的月亮映照着城郭。在晚上登了华子冈，看见辋谷水泛起涟漪，水中的月影也随波上下。因为隔了林子，远处山中的灯火忽明忽暗。深巷中的狗叫声如豹子，村

---

1 鲦（tiáo）：也叫白鲦，鱼名。
2 朝雊（gòu）：早晨野鸡鸣叫。

子里的春米声与稀疏的钟声相互交错。这时我独坐在那里，僮仆很安静，可能已经睡着了，多想像以往一样，你我二人吟诵诗歌，漫步小径，靠近那清澈的流水啊！

等到那春天到来，草木萌发生长，春山便可以游览，轻捷的白鲦鱼跃出水面，白色的鸥鸟张开翅膀，早上的露水打湿了青草地，野鸡在清晨的麦田里鸣叫，这些景色离现在不远了，您能和我一起游玩吗？如不是你这样天性高洁的人，我哪能用这些游山玩水的闲事邀请你呢？因为这当中有深趣啊！不要忘了。

因为运黄檗的人急着要走——他往你那儿去，我托他带信给你——就不一一说了。山中人王维写。

人世间啊，离别的时刻太多，和父母离别是不断的嘱咐，和妻儿离别是依依不舍，唯有和朋友分别，往往无言。日暮酒醒人已远，满天风雨下西楼。

我知道你不得不离开的理由，你也知道我不得不留下的目的。之后彼此忙碌，彼此承受着生活的重任。

大概最好的友情就是：不必时时联系，却随时虚位以待。朋友，我知道你一直在我身边。

送秦中诸人引

[金] 元好问

关中风土完厚，人质直而尚义，风声习气，歌谣慷慨，且有秦汉之旧。至于山川之胜，游观之富，天下莫与为比。故有四方之志者，多乐居焉。

予年二十许时，侍先人官略阳，以秋试留长安中八九月。时纨绮气¹未除，沉涵酒间。知有游观之美而不暇也。长大来，与秦人游益多，知秦中事益熟，每闻谈周、汉都邑，及蓝田、鄠²、杜间风物，则喜色津津然动于颜间。二三君多秦人，与余游，道相合而意相得也。常约近南山，寻一牛田，营五亩之

1 纨绮（qǐ）气：富贵人家子弟的习气。
2 鄠（hù）：今陕西省西安市鄠邑区。

宅，如举子结夏课时，聚书深读，时时酿酒为具，从宾客游，伸眉高谈，脱屣世事¹，览山川之胜概，考前世之遗迹，庶几乎不负古人者。然予以家在嵩前，暑途千里，不若二三君之便于归也。清秋扬鞭，先我就道，矫首西望，长吁青云。

今夫世俗惬意事如美食、大官、高赀、华屋²，皆众人所必争，而造物者之所甚靳³，有不可得者。若夫闲居之乐，澹乎其无味，漠乎其无所得。盖其放于方之外者之所贪，人何所争，而造物者亦何靳耶？行矣诸君，明年春风，待我于辋川⁴之上矣。

【译文】

关中地方风物富庶、土壤肥沃，人民淳朴直爽又崇尚道义，

1 脱屣（xǐ）世事：如同脱鞋一样摆脱世事。

2 高赀（zī）、华屋：富足的钱财和华美的房屋。

3 靳（jìn）：吝惜。

4 辋川：水名，今陕西蓝田南，唐代诗人王维于此筑别墅闲居，吟咏甚多。

风气习俗与激昂的歌谣还保留着秦汉时的旧貌。至于山川之美、可以游览的地方之多，天下没有能与它相比的。所以四方有志的人都喜欢到关中居住。

　　我在二十岁左右时陪伴父亲到略阳做官，之后因为考秋试在长安住了八九个月。那时我还有纨绔子弟的习气，整天沉溺于酒中，虽然知道有很多值得看的地方却没有时间游览。长大后，我与关中人士游玩得多了，对关中的事很熟悉，每每谈起周朝、汉朝的都城——长安，以及蓝田、鄠县、杜陵一带的风物，就喜不自胜。

　　你们大多是关中人，常和我一起游山玩水，志趣相同而意气相得啊。我们曾相互约定，一起在终南山脚下找一块地，建造五亩田大小的园子，如举子在家里温习功课一般，收集很多书然后精研细读。还要常常酿一些美酒，为陪伴宾客游览而做准备。大家还要神采飞扬地高谈阔论，不问世事，游览山河胜景，考察前代的遗迹，如此才不算辜负古人啊。

　　然而我的家乡在嵩山之南，这么热的天要走上千里，不像你们回家很方便。你们在清秋时节高扬马鞭，先我一步踏上征途，高昂着头，远远地向西方眺望，真是豪气干云。

如今世俗的惬意事情如吃美食、做高官、腰缠万贯、住好房子，这些众人是一定会争抢的，然而造物者非常吝啬，因此不是每个人都能得到。而那闲居的乐趣，平淡得无味，空虚得一无所有，只有置身世外的人追求，一般人怎么会去争抢它？老天爷又怎么会吝惜？走吧，各位，待到来年春风吹来的时候，在辋川岸边等我。

终有一天，你会明白世间万物的规律是：生命的长度，不过春夏秋冬；远行的路程，不过东西南北；可企及的巅峰，不过蓝天白云；人生的事情，无非悲欢离合！

人到了一定年龄，是往回收的过程。收到最后，朋友两三个，居屋一所，卧房一榻，一切都只按自己喜欢的方式活着，对世界，说声「珍重」便好！

前赤壁赋

[宋]苏轼

壬戌之秋，七月既望，苏子与客泛舟游于赤壁之下。清风徐来，水波不兴。举酒属客[1]，诵明月之诗，歌窈窕之章。少焉，月出于东山之上，徘徊于斗牛之间。白露横江，水光接天。纵一苇之所如，凌万顷之茫然。浩浩乎如冯虚御风，而不知其所止；飘飘乎如遗世独立，羽化而登仙。

于是饮酒乐甚，扣舷而歌之。歌曰："桂棹兮兰桨，击空明兮溯流光。渺渺兮予怀，望美人兮天一方。"客有吹洞箫者，倚歌而和之。其声呜呜然，如怨如慕，如泣如诉，余音袅袅，

---

1 举酒属（zhǔ）客：举起酒杯，向客人敬酒。属，祝酒劝饮的意思。

不绝如缕。舞幽壑之潜蛟，泣孤舟之嫠妇[1]。

苏子愀然[2]，正襟危坐而问客曰："何为其然也？"

客曰："'月明星稀，乌鹊南飞'，此非曹孟德之诗乎？西望夏口，东望武昌，山川相缪[3]，郁乎苍苍，此非孟德之困于周郎者乎？方其破荆州，下江陵，顺流而东也，舳舻[4]千里，旌旗蔽空，酾酒[5]临江，横槊[6]赋诗，固一世之雄也，而今安在哉？况吾与子渔樵于江渚之上，侣鱼虾而友麋鹿，驾一叶之扁舟，举匏樽[7]以相属。寄蜉蝣于天地，渺沧海之一粟，哀吾生之须臾，羡长江之无穷。挟飞仙以遨游，抱明月而长终。知不可乎骤得，托遗响于悲风。"

---

1 嫠（lí）妇：寡妇。

2 愀（qiǎo）然：忧愁变容的样子。

3 缪（liǎo）：连接，盘绕。

4 舳舻（zhúlú）：首尾相衔接的船只。

5 酾（shī）酒：斟酒。

6 横槊（shuò）：横执长矛。

7 匏（páo）樽：葫芦做的酒器。

苏子曰："客亦知夫水与月乎？逝者如斯，而未尝往也；盈虚者如彼，而卒莫消长也。盖将自其变者而观之，则天地曾不能以一瞬；自其不变者而观之，则物与我皆无尽也，而又何羡乎？且夫天地之间，物各有主；苟非吾之所有，虽一毫而莫取。惟江上之清风，与山间之明月，耳得之而为声，目遇之而成色，取之无禁，用之不竭，是造物者之无尽藏也¹，而吾与子之所共适。"

客喜而笑，洗盏更酌。肴核既尽，杯盘狼藉。相与枕藉乎舟中，不知东方之既白。

【译文】

壬戌年（1082年）的秋天，七月十六日，我和客人在赤壁下的江上泛舟游玩。清凉的风徐徐吹来，江面波澜不起。我拿起酒杯向客人敬酒，吟诵有关明月的诗歌，高歌"窈窕"一章。

1 藏（zàng）：宝藏。

不一会儿，月亮从东山升起，徘徊在斗宿和牛宿之间。江面满是白茫茫的水汽，江水反射的月光与天空连成一片。我们任凭一片苇叶似的小船随意漂流，越过浩瀚茫茫的江面。浩浩渺渺，我们似在乘风而行，不知道船儿将要停在何方；我们飘飘然，像是抛开人世，成了神仙而飞升仙境。

此时，我们喝酒喝到了兴起，便拍打着船舷唱歌。歌词是这样的："桂木、兰木做的船桨啊，击打月光下的清澈江水，船儿在水面逆流前行。我的情思深远无穷，遥望美人，她在天的另一方。"客人中有会吹洞箫的，附和着歌声吹箫伴奏。箫声呜呜咽咽，像是人在哀怨或在眷恋，像是人在哭泣或在倾诉。吹奏完毕，袅袅的余音宛如细丝一样延绵不断。这箫声能使潜伏在深渊中的蛟龙跳起舞来，使孤舟上的寡妇为之哭泣。

我顿时愁色满面，理直衣襟而端坐着，问客人说："箫声为何如此悲凉？"

客人说："'月明星稀，乌鹊南飞'，这不是曹操的诗吗？从这儿向西能望到夏口，向东能望到武昌，山水相接，一片郁郁苍苍，这儿不正是曹操被周瑜打败的地方吗？

"当曹操占领荆州，攻下江陵，顺着长江东进的时候，战船相连有千里，旗帜之多能遮蔽天空。他面对长江斟酒痛饮，横执长矛吟咏诗歌，真是一代英雄！可如今在哪里？而我和你，只能在江边小洲打打鱼、砍砍柴，与鱼虾做伴，同麋鹿为友，划着一叶小船，举着葫芦做成的酒杯互相劝酒。我们如朝生暮死的蜉蝣那般寄生于天地，渺小得如同大海中的一粒小米。

"我哀叹我们的生命何其短暂，羡慕江水永远流淌，因此希望拉着神仙一起遨游，希望和明月一样永远长存。但我知道这不可能轻易实现，只好把情思寄托在箫音里，吹奏于秋风中。"

我对客人说："你知道这江水和月亮吗？江水表面上在不断流淌，实际并没有流去；月亮时圆时缺，其实没有一点增减。如果从它们变化的一面看，那么天地间的事物连一眨眼的工夫都不能保持原貌；但若从不变的那一面看，万物和我们都是永恒不灭的，那还羡慕它们什么呢？

　　"再说，天地之间，万事万物都有自己的主宰，不是你的东西一丝一毫也不能拿走。只有江上的清风、山间的明月，听到便成了声音，进入眼睛便成为颜色，没有谁能禁止你取用它们，它们也是享用不完的。这才是大自然无穷无尽的宝藏啊，我和你可以共同享用。"

　　客人高兴地笑了。我们洗了洗酒杯重新喝起酒来，直到菜肴和果品吃完，酒杯菜盘狼藉一片。我们互相靠着睡在船中，不知不觉东方已发白。

有人说，此情关乎风与月，自我突围见花明。

技不如人也好，无人问津也罢，心可以碎，手不能停，该干什么干什么。

实在累了，那就夜深人静时把心掏出来自己缝缝补补，然后睡一觉吧，醒来一定信心百倍。

后赤壁赋

[宋]苏轼

是岁十月之望，步自雪堂，将归于临皋。二客从予，过黄泥之坂。霜露既降，木叶尽脱，人影在地，仰见明月。顾而乐之，行歌相答。

已而叹曰："有客无酒，有酒无肴。月白风清，如此良夜何？"客曰："今者薄暮，举网得鱼，巨口细鳞，状如松江之鲈。顾安所得酒乎？"归而谋诸妇。妇曰："我有斗酒，藏之久矣，以待子不时之需。"

于是携酒与鱼，复游于赤壁之下。江流有声，断岸千尺；山高月小，水落石出。曾日月之几何，而江山不可复识矣！予乃摄衣而上，履巉岩[1]，披蒙茸，踞虎豹，登虬龙[2]，攀栖鹘[3]之危巢，俯冯夷[4]之幽宫。盖二客不能从焉。划然长啸，草木震动，山鸣谷应，风起水涌。予亦悄然而悲，肃然而恐，凛乎其不可留也。反而登舟，放乎中流，听其所止而休焉。时夜将半，四顾寂寥。适有孤鹤，横江东来，翅如车轮，玄裳缟[5]衣，戛然[6]长鸣，掠予舟而西也。

须臾客去，予亦就睡。梦一道士，羽衣蹁跹，过临皋之下，揖予[7]而言曰："赤壁之游乐乎？"问其姓名，俯而不答。"呜呼噫嘻！我知之矣！畴昔[8]之夜，飞鸣而过我者，非子也邪？"道士顾笑，予亦惊寤。开户视之，不见其处。

1　巉（chán）岩：险峻的山石。

2　登虬（qiú）龙：攀着像虬龙一样弯曲的古树。

3　鹘（hú）：隼，一种凶猛的鸟。

4　冯（píng）夷：水神名。

5　缟（gǎo）：白。

6　戛（jiá）然：形容鹤、雕等叫的尖厉声。

7　揖（yī）予：向我拱手施礼。

8　畴（chóu）昔：往昔，从前。

【译文】

这年（1082年）的十月十五日，我从雪堂到临皋亭去，当时有两位客人跟随，一起走过黄泥坂。此时是霜露降下、树叶全部凋落的季节，人影在地，抬头可以看见明月。环顾四周，我们非常快乐，边走边唱，互相问答。

过了一会儿，我感叹说："有客人却没有酒，有酒却没有菜。月光皎洁，清风习习，如此美好的夜晚要怎样度过呢？"客人说："今天傍晚，我撒网捕到一条鱼，嘴大鳞细，像是吴淞江的鲈鱼。只是去什么地方弄到酒呢？"我回家和妻子商量此事。妻子说："我有一斗酒，存了很久，专门备你不时之需。"

就这样，我们带着酒和鱼再次到赤壁下的江上游玩。此时的长江水流动起来发出声响，陡峭的江岸似乎有千尺之高；月亮显得小了，水位降低，有礁石露出。不过才过去几天，已和上次见的江景不同！

我就撩起衣裳上岸，踏着险峻的山岩，拨开稠密纷繁的山

草，蹲坐在形似虎豹的山石上，攀着像虬龙一样弯曲的树枝，攀
上鹘鸟做窝栖宿的悬崖，俯视水神冯夷的深宫。这时，两位客人
已不能跟我爬山了。我突然一声长啸，草木被震动，高山深谷响
起回音，风吹起来，浪涌起来。我也不禁觉得悲哀，感到紧张恐
惧，害怕得不敢停留。

我又回到岸边，登上小船，把船划到江心，任它漂流到哪里
就在哪里停泊。这时已快半夜，环顾四周，寂静无声。正好有只
鹤从东面横穿长江飞来，翅膀大得像车轮，如同穿了黑裙白衣，
"嘎嘎"地叫着，擦过我们的船向西飞去。

过了一会儿，客人走了，我也回家睡觉了。我梦见一道士，
穿着鸟羽制成的衣服，飘然轻快地走过临皋亭的下面，向我拱手
作揖说："赤壁之行快乐吗？"我问他的姓名，他低头不答。我
恍然大悟："哦哦，我明白了，昨天夜里飞叫着经过我船的，不
就是您吗？"道士回头笑了笑，我也被惊醒了。打开门一看，不
知他身在何处。

你还在痛苦，是因为你还在执着。千万别想太多，想太多，就是自我折磨。"人生不如意事十之八九"，哪能样样事情都让你乐观？有时候阿Q精神也不错。

你有你的活法，我有我的生活，在百态的人间里，我们都是自己的史诗。

行乐第一[1]

[清] 李渔

贫贱行乐之法

穷人行乐之方，无他秘巧，亦止有"退一步"法。我以为贫，更有贫于我者；我以为贱，更有贱于我者；我以妻子为累，尚有鳏寡孤独之民，求为妻子之累而不能者；我以胼胝为劳，尚有身系狱廷，荒芜田地，求安耕凿之生而不可得者。

以此居心，则苦海尽成乐地。如或向前一算，以胜己者相衡，则片刻难安，种种桎梏幽囚之境出矣。

1　本篇节选自李渔《闲情偶寄·行乐第一》。

一显者旅宿邮亭，时方溽暑，帐内多蚊，驱之不出，因忆家居时堂宽似宇，簟[1]冷如冰，又有群姬握扇而挥，不复知其为夏，何遽困厄至此！因怀至乐，愈觉心烦，遂致终夕不寐。

一亭长露宿阶下，为众蚊所啮，几至露筋，不得已而奔走庭中，俾四体动而弗停，则啮人者无由厕足；乃形则往来仆仆，口则赞叹嚣嚣，一似苦中有乐者。

显者不解，呼而讯之，谓："汝之受困，什佰于我，我以为苦，而汝以为乐，其故维何？"

亭长曰："偶忆某年，为仇家所陷，身系狱中。维时亦当暑月，狱卒防予私逸，每夜拘挛手足，使不得动摇。时蚊蚋[2]之繁，倍于今夕，听其自啮，欲稍稍规避而不能，以视今夕之奔走不息，四体得以自如者，奚啻[3]仙凡人鬼之别乎！以昔较今，是以但见其乐，不知其苦。"显者听之，不觉爽然自失。

1 簟（diàn）：竹席。

2 蚊蚋（ruì）：蚊子。

3 啻（chì）：只，仅。

此即穷人行乐之秘诀也。

不独居心为然，即铸体炼形，亦当如是。譬如夏月苦炎，明知为室庐卑小所致，偏向骄阳之下来往片时，然后步入室中，则觉暑气渐消，不似从前酷烈；若畏其湫隘而投宽处纳凉，及至归来，炎蒸又加十倍矣。

冬月苦冷，明知为墙垣单薄所致，故向风雪之中行走一次，然后归庐返舍，则觉寒威顿减，不复凛冽如初；若避此荒凉而向深居就燠[1]，及其再入，战栗又作何状矣。

由此类推，则所谓退步者，无地不有，无人不有，想至退步，乐境自生。予为两间[2]第一困人，其能免死于忧，不枯槁于迍邅蹭蹬[3]者，皆用此法。又得管城一物，相伴终身，以扫千军则不足，以除万虑则有余。然非善作退步，即楮墨亦能困人。想虞卿著书，亦用此法，我能公世，彼特秘而未传耳。

1　燠（yù）：暖，热。

2　两间：指人间。

3　迍邅（zhūnzhān）蹭蹬：失意困顿。

由亭长之说推之，则凡行乐者，不必远引他人为退步，即此一身，谁无过来之逆境？大则灾凶祸患，小则疾病忧伤。"执柯伐柯，其则不远。"取而较之，更为亲切。凡人一生，奇祸大难非特不可遗忘，还宜大书特书，高悬座右。其裨益于身者有三：孽由己作，则可知非痛改，视作前车；祸自天来，则可止怨释尤，以弭后患；至于忆苦追烦，引出无穷乐境，则又警心惕目之余事矣。

如曰省躬罪己，原属隐情，难使他人共睹，若是则有包含韫藉之法：或止书罹患之年月，而不及其事；或别书隐射之数语，而不露其详；或撰作一联一诗，悬挂起居亲密之处，微寓己意，不使人知，亦淑慎其身之妙法也。此皆湖上笠翁瞒人独做之事，笔机所到，欲讳不能，俗语所谓"不打自招"者，非乎？

【译文】

穷人行乐，没有别的方法，也只有"退一步"而已。觉得自己穷，就要想还有比我更穷的；觉得自己低贱，就要想还有比我更低贱的；认为妻子儿女是累赘，就要想失去妻子儿女无依无靠的人，他们想要妻子儿女之累都得不到；看见手脚都是老茧，认为自己辛劳，就要想被关在监狱里的人，田地荒芜了他们却没法安心耕作。

按照这样的办法去想，苦海尽变成乐地。如果你老向前看，同超过自己的人作比较，那就片刻也难得安宁，种种桎梏、困境也就出现了。

一个富人在旅途中住进驿站，当时正是大夏天，床帐里蚊子多得赶都赶不出去，于是他就想起在家时的情景：厅堂宽敞，枕席冰凉，还有许多姬妾拿着扇子为自己扇风，让他都不知这是夏天了。现在自己怎么困苦到这种地步呢？因为想着好时的情景，更加认为如今不如意而心烦，于是整个晚上都睡不着。

另有一个亭长，在驿站台阶下睡，也被许多蚊子咬，筋都快被咬出来了，不得以在院子里跑动，因为四肢不停地动，蚊子便没办法落脚。他身体虽然很辛苦，但口中却很大声地赞叹，好像苦中有乐。

富人看见了不理解，叫他过来并问他，说："你吃的苦是我的十倍百倍，但我觉得苦，你却觉得乐，这是为什么？"

亭长说："我偶然想起有一年我被仇家陷害，被关在监狱里。当时也是夏天，狱卒怕我逃了，于是每天晚上捆住我的手脚不让我动。那里的蚊子比今晚多多了，想躲都躲不掉，只能任凭蚊子叮咬。今晚呢，我可以跑个不停，两手两脚还能驱赶蚊虫，两相比较，真是天与地比、人与鬼比啊！用过去来看今天的遭遇，所以只觉得快乐，不觉得痛苦。"富人听后恍然大悟。这就是穷人行乐的秘诀。

不仅心里要这样想，还要这样做才是。比如在闷热难熬的夏天，明知道房子矮小导致夏天格外难熬，偏偏要到太阳下走几步，此时再回到屋里就觉得暑气渐消，屋里不如先前那般炎热了。如果害怕狭小房子里的炎热而跑到宽敞的地方去乘凉，回来以后，炎热的感觉则会加重十倍。

冬天很冷，明知是因为屋子墙壁薄造成的，却故意到风雪中走一遭，再回到屋子里就会觉得屋子里的寒气弱多了，不像之前那般冷了。要是为躲避寒冷的屋子而去深宅大院取暖，回来以后不知道要冷成什么样子。

　　以此类推，所说的"退一步"的方法没有哪个地方没有，没有哪个人没有。凡事想到"退一步"，逍遥乐境自然产生。我是天地间受到困苦最多的人，没有死于忧愁，没有在穷困流离中憔悴，都只是用了这个方法而已。我还有毛笔这一宝物相伴终身，用它横扫千军当然办不到，但用它扫除忧虑绰绰有余。但是，如果不善用"退一步"的方法，纸墨也能困住人。想来虞卿写书，也是用的这个方法，只不过我能够公之于世，他却保密不传。

　　由亭长这个例子推断，行乐的人不必把别人作为自己"退一步"的参照，把自己作为参照就行了。因为谁没有经过苦困呢？大到灾祸凶患，小到疾病忧伤。"砍取木料做斧柄，就近取材的道理并不远。"拿自己来比较，更加亲切。

　　凡是人一生中的奇祸大难，不但不能忘记，还要大书特书，高挂起来当作座右铭。这样做对自己的好处有三点：如果罪孽是自己造成的，就可以知错痛改，把奇祸大难当作前车之鉴；若是祸从天降，就不必怨恨，也不用忧愁，可以消除后患了；追忆过去的困苦烦恼，不仅能引出无穷的快乐，还能警惕自己，这后一点就是附带的好处了。

如果说反省自己是私人的事，不想让别人看到，我这里还有掩饰的方法：可以只写遭遇灾祸的时间而不提具体事件；或者另外写几条隐语，不写出详细情况；或者写一副对联或一首诗，悬挂在起居常见的地方，暗中表达自己态度，不让人知道，也是淑慎其身的好方法。这是我湖上笠翁瞒着别人独自进行的事，顺笔写到想遮掩也不能，这就是俗话说的"不打自招"吧！难道不是吗？

夏季行乐之法

酷夏之可畏，前幅虽露其端，然未尽暑毒之什一也。使天只有三时而无夏，则人之死也必稀，巫医僧道之流皆苦饥寒而莫救矣。止因多此一时，遂觉人身叵测，常有朝人而夕鬼者。

《戴记》云："是月也，阴阳争，死生分。"危哉斯言！令人不寒而栗矣。凡人身处此候，皆当时时防病，日日忧死。防病忧死，则当刻刻偷闲以行乐。

从来行乐之事，人皆选暇于三春，予独息机于九夏。以三春神旺，即使不乐，无损于身；九夏则神耗气索，力难支体，如其不乐，则劳神役形，如火益热，是与性命为仇矣。《月令》以仲冬为闭藏；予谓天地之气闭藏于冬，人身之气当令闭藏于夏。

试观隆冬之月，人之精神愈寒愈健，较之暑气铄人，有不可同年而语。凡人苟非民社系身，饥寒迫体，稍堪自逸者，则当以三时行事，一夏养生。过此危关，然后出而应酬世故，未为晚也。

追忆明朝失政以后,大清革命之先,予绝意浮名,不干寸禄,山居避乱,反以无事为荣。夏不谒客,亦无客至,匪止头巾不设,并衫履而废之。或裸处乱荷之中,妻孥觅之不得;或偃卧长松之下,猿鹤过而不知。洗砚石于飞泉,试茗奴以积雪;欲食瓜而瓜生户外,思啖果而果落树头,可谓极人世之奇闻,擅有生之至乐者矣。后此则徙居城市,酬应日纷,虽无利欲熏人,亦觉浮名致累。计我一生,得享列仙之福者,仅有三年。今欲续之,求为闰余而不可得矣。

伤哉!人非铁石,奚堪磨杵作针?寿岂泥沙,不禁委尘入土?予以劝人行乐,而深悔自役其形。噫,天何惜于一闲,以补富贵荣膴之不足哉!

【译文】

酷暑的可怕之处,虽然前面稍微说了点,但还是没有说到它的十分之一。如果自然界只有春、秋、冬三季,而没有夏季,那死人的事情必定少见得多,巫、医、僧、道这些人也会随之受苦、饥饿、冻死，而没人去救。但因为多了夏季这个季节，所以人人就觉得人生叵测，常有人早上还活着而晚上就去世了。

戴氏《礼记》说："这个月啊，阴阳相争，死的活的分开。"这话真可怕！令人不寒而栗。凡是处在这个季节的人，要时时刻刻预防疾病，日日担忧会死。又防病，又担心死亡，所以就要时时刻刻偷闲行乐。

一直以来，人们都选择在春天行乐，我却偏偏在夏天。这是因为在春季，人的精神好，即使不行乐对身体也没损害；而到了夏季三伏天，精神被耗尽，剩下的体力难以支撑身体，不行乐就会劳神役形，仿若火上浇油，这是不把自己的命当命啊。《月令》中把冬天当作养精蓄锐的时候，因此我认为天地之气闭藏于冬，人的气当闭藏于夏天。

试想隆冬的时候，天气越寒冷，人的精神越好，而三伏天呢，暑气让人精神萎靡，两相比较，不可同日而语啊。因此，凡是没有公务缠身、没有饥寒交迫，稍稍能享受安逸的人，就当在春、秋、冬做事，夏季养生。过了夏季这个险关，之后再应酬人情世故也不算晚了。

想起明朝败亡、清朝革命的时候，我抛弃浮名，丢掉官位，隐居山林以避乱，反世俗地以无事为乐。夏天不访客，也没有客人来，不但不戴头巾，连衣服和鞋子也不穿。有时裸体藏在乱荷之中，妻子、孩子都找不到我；有时悠闲地躺在松树之下，猿、鹤经过我都没有察觉。我在飞泉下洗笔砚，喝积雪煮的茶；想吃瓜，瓜就长在门外；想吃果，果就长在枝头。这一切做法可算得上人间的奇闻逸事了，也享受了人生至高无上的快乐。

此后，我又迁居到城里，应酬日渐多起来，人虽没有利欲熏心，但也觉得被浮名所累。回想我这一辈子，享受神仙快乐的时刻，总共仅有三年而已。现在想继续之前那样的生活，但一个月也得不到了。

伤心！人不是铁石，哪里经得起铁杵磨成针般的、逐渐累积的损耗？生命难道是泥沙，可以随意丢进尘埃？我常常因劝人行乐，而想到自己正在使自己的身体劳累。啊，对于我，老天为什么要吝啬那么一丁点的清闲，这可以弥补我荣华富贵的不足啊！

一块五花肉，一根鲜春笋，少许去年母亲寄来的家乡菜籽油，再添点葱姜蒜，日子便也过成了诗。

有人闹夜市，有人美贤妻；有人亲父母，有人自给足。五色俱全，五味调和，一块木板之上，便是四季流转。

笋

[清] 李渔

论蔬食之美者，曰清，曰洁，曰芳馥，曰松脆而已矣。不知其至美所在，能居肉食之上者，只在一字之鲜。《记》曰："甘受和，白受采。"鲜即甘之所从出也。此种供奉，惟山僧野老躬治园圃者，得以有之，城市之人向卖菜佣求活者，不得与焉。

然他种蔬食，不论城市山林，凡宅旁有圃者，旋摘旋烹，亦能时有其乐。至于笋之一物，则断断宜在山林，城市所产者，任尔芳鲜，终是笋之剩义。

此蔬食中第一品也，肥羊嫩豕，何足比肩？但将笋肉齐烹，合盛一簋，人止食笋而遗肉，则肉为鱼而笋为熊掌可知矣。购于市者且然，况山中之旋掘者乎？

食笋之法多端，不能悉纪，请以两言概之，曰："素宜白水，荤用肥猪。"茹斋者食笋，若以他物伴之，香油和之，则陈味夺鲜，而笋之真趣没矣。白煮俟熟，略加酱油。从来至美之物，皆利于孤行，此类是也。以之伴荤，则牛羊鸡鸭等物皆非所宜，独宜于豕，又独宜于肥。肥非欲其腻也，肉之肥者能甘，甘味入笋，则不见其甘，但觉其鲜之至也。烹之既熟，肥肉尽当去之，即汁亦不宜多存，存其半而益以清汤。调和之物，惟醋与酒。此制荤笋之大凡也。

笋之为物，不止孤行并用各见其美，凡食物中无论荤素，皆当用作调和。

菜中之笋与药中之甘草，同是必需之物，有此则诸味皆鲜，但不当用其渣滓，而用其精液。庖人之善治具者，凡有焯笋之汤，悉留不去，每作一馔，必以和之。食者但知他物之鲜，而不知有所以鲜之者在也。《本草》中所载诸食物，益人者不尽可口，可口者未必益人，求能两擅其长者，莫过于此。东坡云："宁可食无肉，不可居无竹。无肉令人瘦，无竹令人俗。"不知能医俗者，亦能医瘦，但有已成竹未成竹之分耳。

【译文】

说起蔬菜的美味，无非是清淡、干净、芳香、松脆。但其实人们不知道的是，蔬菜真正美味的地方在一个"鲜"字，这一点在肉食之上。

《礼记》上说："甘美的东西容易调和，洁白的东西容易着色。""鲜"就是甘美的来源。"鲜"这种享受，山里的和尚、乡野老人和那些亲自种植的人多有体会，城市里买菜的人享受不到。

其中又有区别，那就是别的蔬菜不管是在城市还是山林，只要住的地方有菜园子，都可以种，而且随时吃随时取，也可以享受"鲜"这种乐趣。唯独笋这种东西，只有在山林中生长的才是好的，城市里的笋再怎么鲜美都差一点意思。

笋是蔬菜中味道最好的，肥羊乳猪怎能相比？只要把笋和肉同锅煮，然后盛在一个盘里，人们都只吃笋而留下肉，从这一点就知道笋比肉更可贵，就好比"舍鱼而取熊掌"。在市场上买的尚且如此，何况山里刚刚挖出来的呢？

吃笋的方法有很多种，不能详细记录，用两句话概括就是："素吃最好用白水煮，荤吃最好加肥肉煮。"吃斋的人如果在煮笋的时候拌上别的东西，再调上香油，那些东西的味道会把笋的鲜味夺走，笋的真正美味就失去了。正确的做法是用白水煮熟，略加点酱油。

最美好的东西从来都是单独做，笋就是这样。用笋和肉食一起煮时，牛、羊、鸡、鸭等都不合适，唯独猪肉合适。笋还特别适合与肥肉一起煮，不要肥肉的肥腻，而要肥肉的甘美，甘美之味被笋吸入后就感觉不到这种甘美了，只觉得鲜到了极点。快煮熟时，肥肉都要去掉，汤也不要多留，只留下一半，再加上清汤。调味的作料，只用醋和酒。这是烧制荤笋的大致方法。

　　笋这种东西，不管单吃还是与其他食材同煮，都能呈现出美味，而且食物中不论荤的素的，都可以用来做笋的调和物。

　　蔬菜中的笋就像中药中的甘草一样，都是必需的东西，有笋食物都会很鲜美。只是一般不用它的渣滓，而只用它的精华。会做菜的厨师，只要有煮笋的汤就留着，每做一个菜都拿此汤来调和。吃的人只是觉得很鲜，而不知道鲜的原因在于笋。

　　《本草纲目》中记载的许多食物，对人有好处的不一定可口，可口的不一定对人有好处，想要两全其美，没有比笋更好的了。苏东坡说："宁可食无肉，不可居无竹。无肉令人瘦，无竹令人俗。"却不晓得能医治俗病的东西也能够医治瘦病，区别只在于已经长成的竹子还是未长成的竹子罢了。

释怀

酣睡于十里荷花之中，香气拍人，清梦甚惬。

　　　　　　　　　　　　　　　　——《西湖七月半》

万山载雪，明月薄之。

　　　　　　　　　　　　　　　　——《龙山雪》

庭有枇杷树，吾妻死之年所手植也，今已亭亭如盖矣。

　　　　　　　　　　　　　　　　——《项脊轩志》

草木蔓发，春山可望。

　　　　　　　　　　　　　　　　——《山中与裴秀才迪书》

行矣诸君，明年春风，待我于辋川之上矣。

　　　　　　　　　　　　　　　　——《送秦中诸人引》

惟江上之清风，与山间之明月，耳得之而为声，目遇之而成色，取之无禁，用之不竭，是造物者之无尽藏也。

　　　　　　　　　　　　　　　　——《前赤壁赋》

天何惜于一闲，以补富贵荣膴之不足哉！

　　　　　　　　　　　　　　　　——《行乐第一》

陌上人如玉，公子世无双。

东汉末年，亲兄弟曹丕和曹植因争夺曹操的位置而手足相残。之后，夺位成功的曹丕封曹植为鄄城王。在受封后回去的洛水边，曹植把满腔苦闷化为了千古名篇《洛神赋》。

有人说，此赋是写曹植与自己嫂子甄宓的叔嫂之恋；也有人说，把洛神替换成理想抱负，是写曹植渴望一展平生抱负、实现「治国安民」的理想。

一晃千余年过去了，洛水依旧悠悠，汉时的衣冠、魏时的烽烟早已不见，公子真正诉说的无人能见，只有精美诗赋被后人歌传。

洛神赋

[三国] 曹植

黄初三年，余朝京师，还济洛川。古人有言：斯水之神，名曰宓妃[1]。感宋玉对楚王神女之事，遂作斯赋。其辞曰：

余从京域，言归东藩，背伊阙，越镮辕[2]，经通谷，陵景山。日既西倾，车殆马烦。尔乃税驾[3]乎蘅皋，秣驷乎芝田，容与乎阳林，流眄[4]乎洛川。于是精移神骇，忽焉思散。俯则未察，仰以殊观。睹一丽人，于岩之畔。乃援御者而告之曰：

1　宓妃：伏羲氏之女，相传溺死洛水，故为洛水之神。

2　镮辕（huányuán）：关名。在今河南洛阳市偃师区东南。

3　税驾：停车。

4　流眄（miǎn）：目光流转着观看。

"尔有觌[1]于彼者乎？彼何人斯，若此之艳也！"御者对曰："臣闻河洛之神，名曰宓妃。然则君王之所见也，无乃是乎？其状若何？臣愿闻之。"

余告之曰："其形也，翩若惊鸿，婉若游龙。荣曜秋菊，华茂春松。仿佛兮若轻云之蔽月，飘飖兮若流风之回雪。远而望之，皎若太阳升朝霞；迫而察之，灼若芙蕖出渌波[2]。秾纤得中，修短合度。肩若削成，腰如束素。延颈秀项，皓质呈露。芳泽无加，铅华弗御。云髻峨峨，修眉联娟。丹唇外朗，皓齿内鲜。明眸善睐，靥辅承权[3]。瑰姿艳逸，仪静体闲。柔情绰态，媚于语言。奇服旷世，骨像应图。披罗衣之璀粲兮，珥瑶碧之华琚。戴金翠之首饰，缀明珠以耀躯。践远游之文履，曳雾绡[4]之轻裾。微幽兰之芳蔼兮，步踟蹰于山隅。于是忽焉纵

1　觌（dí）：看见。

2　渌（lù）波：清澈的水波。

3　靥辅承权：权，通"颧"，面颊骨。此句是说，两颊下有好看的酒窝。

4　雾绡（xiāo）：轻纱。

体，以遨以嬉。左倚采旄¹，右荫桂旗。攘皓腕于神浒²兮，采湍濑之玄芝。"

余情悦其淑美兮，心振荡而不怡。无良媒以接欢兮，托微波而通辞。愿诚素之先达兮，解玉佩以要之。嗟佳人之信修³兮，羌习礼而明诗⁴。抗琼珶⁵以和予兮，指潜渊而为期。执眷眷之款实兮，惧斯灵之我欺。感交甫之弃言兮，怅犹豫而狐疑。收和颜而静志兮，申礼防以自持。

于是洛灵感焉，徙倚彷徨。神光离合，乍阴乍阳。竦轻躯以鹤立，若将飞而未翔。践椒途之郁烈，步蘅薄而流芳。超长吟以永慕⁶兮，声哀厉而弥长。

1　旄（máo）：指带有牦牛尾饰物的旗子。

2　神浒：神经过的水边地。

3　信修：实在美好。

4　明诗：知诗，这里指善于辞令。

5　琼珶（dì）：美玉名。

6　永慕：深切的爱慕。

　　尔乃众灵杂遝，命俦啸侣。或戏清流，或翔神渚，或采明珠，或拾翠羽。从南湘之二妃，携汉滨之游女。叹匏瓜之无匹兮，咏牵牛之独处。扬轻袿[1]之猗靡兮，翳修袖以延伫[2]。体迅飞凫，飘忽若神。凌波微步，罗袜生尘。动无常则，若危若安；进止难期，若往若还。转眄流精，光润玉颜。含辞未吐，气若幽兰。华容婀娜，令我忘餐。

　　于是屏翳收风，川后静波。冯夷鸣鼓，女娲清歌。腾文鱼以警乘，鸣玉鸾以偕逝。六龙俨其齐首，载云车之容裔。鲸鲵[3]踊而夹毂，水禽翔而为卫。

　　于是越北沚，过南冈，纡素领[4]，回清阳。动朱唇以徐言，陈交接之大纲。恨人神之道殊兮，怨盛年之莫当。抗罗袂以掩涕兮，泪流襟之浪浪。悼良会之永绝兮，哀一逝而异乡。无微情以效爱兮，献江南之明珰。虽潜处于太阴，长寄心于君王。

1　轻袿（guī）：女子的上衣。

2　翳：遮蔽。延伫：久立。

3　鲸鲵（ní）：鲸鱼。

4　纡素领：转过白皙的脖子。

忽不悟其所舍，怅神宵而蔽光。

于是背下陵高，足往神留。遗情想像，顾望怀愁。冀灵体之复形，御轻舟而上溯。浮长川而忘反，思绵绵而增慕。夜耿耿而不寐，沾繁霜而至曙。命仆夫而就驾，吾将归乎东路。揽騑辔以抗策，怅盘桓而不能去。

【译文】

黄初三年（222年），我到京城洛阳朝见魏文帝，回来时渡洛水。古人曾说：洛水之神名叫宓妃。我因有感于宋玉写的楚王和神女间的事，于是写了这篇赋。赋文是：

我从京城洛阳向东回封地鄄城，经伊阙、轘辕山，过通谷，之后登上景山。这时夕阳西下，车困马乏，于是就在长满杜衡香草的河边解开马缰绳，让马儿在野草茂盛之地吃草。我自己则在阳林散步，看着烟波浩渺的洛水。

不觉精神恍惚，情思在突然之间涣散，低头没有看到什么，一抬头，却发现了异常的事——只见一位美人站在山岩之旁。我情不自禁地拉着车夫，说："你看见那个人了吗？她是谁啊？竟然这么漂亮！"车夫回答："臣听说洛水之神的名字叫宓妃，现在您看见的，莫非就是她？她长得怎么样呢？臣想听听。"

　　我告诉他说："她长得啊，像惊鸿那样翩翩然，像游龙那样轻柔。神采焕发，如秋菊、春松。时隐时现，像被轻云遮住的月亮；踪迹不定，像被微风卷起的雪花。

　　"远远地观望她，皎洁得似朝霞中升起的太阳；走近细看她，鲜丽得如水波上绽开的荷花。不胖也不瘦，不高也不矮；两肩轮廓分明，如刀削成的；腰肢细柔。脖子秀长，露出白皙的皮肤；容颜美丽得无以复加，都不用化妆。如云的美发高耸，弯曲的长眉细长；红唇鲜明，白齿明亮。眼睛明亮而灵活，两颊下有美丽的酒窝。姿态美好，不同凡俗；举止文静，体态娴雅。情态柔美和顺，说话得体可人。服饰奇艳绝世，如画中人一般。

　　"她穿着鲜明的罗衣，佩戴瑶碧玉佩。头戴金银翡翠首饰，身上装饰着闪亮明珠；脚穿远游的花鞋，拖着轻纱般的裙裾。置身芳香的幽兰丛中，在山边徘徊徜徉。

"她忽然起身，一边漫步一边嬉戏。左边倚着有旄饰的旌旗，右边有桂旗庇荫。在岸边捋起衣袖露出洁白的手臂，伸出纤手在湍急的水里采摘黑色灵芝。"

我钟情于她的淑美，不觉心旌摇曳而不安。因为没有合适的媒人去互通情好，只能借助目光来传递话语。但愿自己真诚的心意能最先被她知道，我解下玉佩向她发出邀请。可叹佳人实在美好，既懂礼貌又善言辞，她举着琼瑶美玉向我作出回答，并指着她的住所潜渊说在此相会。

我对她的眷恋真实而愈发执着，却害怕她将我欺骗，因为我知道古时的郑交甫和汉滨之女解佩为约却被抛弃的传说。我惆怅而愈发怀疑她能否真的遵守约定，收起温和的笑颜以平静自己的情绪，心中反复申明礼法来约束自己的言行。

她感受到了我的惆怅，低回徘徊，神光也若隐若现、忽明忽暗。轻盈的身躯忽然耸立如鹤，将要飞起却还未飞。又走上香气浓郁的椒路，步入芬芳流动的杜衡丛生之地。她怅然长吟以表达绵延的思慕，声音哀婉凄厉、不绝如缕。

于是众神灵纷纷到来，呼朋引伴。有的在清流之中嬉戏，有的在水中高地翱翔。有的在采集明亮的珍珠，有的在捡拾翠绿的羽毛。她身旁跟着娥皇、女英，以及郑交甫在汉水之滨遇到的女子，叹息天上的匏瓜星、牵牛星孤独无伴。时而高扬随风飘动的上衣，用修长的水袖遮眼远眺，时而身体轻捷如飞动的野鸭，飘忽的样子宛若神明。

她轻轻地走在水波之上，罗袜仿佛扬起了烟尘。动静没有规律，像是涉险又像安步；进退难料，像是离去又像归来。目光转动，神采飞扬，容光焕发，滋润了玉颜。还没有说话，幽兰般的气息已经传来。她的体貌婀娜多姿，让我不思茶饭。

于是风神屏翳收起了微风，水神川后让水面无波。河神冯夷敲响鸣鼓，女娲唱起清歌。飞升的鲦鱼充当她的警卫，众神随着叮当作响的车铃一齐离去。六条巨龙俨然齐头并进，从容地驾着云车。鲸鱼腾跃在车的两侧，飞翔的水上禽鸟充当守卫。

车辆越过北边的沙洲，跨过南方的高冈。她转过素洁的脖颈，回过清秀的眉目，动了动朱唇，缓缓地说着彼此交往的纲常："遗憾人神殊途，怨恨在这韶华盛时不能和你交往。"说完她举起绫罗织成的衣袂掩面泣涕，泪水沾满衣襟："哀悼我俩再没有欢会的时候，这一去就天各一方。不曾表露一丝情绪传达我的爱意，那就把我的耳坠给你吧。我虽然潜处于太阴之地，但会永远把我的心寄托在你的身上。"洛神连同众神灵忽然不见了踪影，神光消散令我怅惘。

于是我离开低岸登上高冈，脚下虽已离开但心神还留在那里。情绪沉浸在刚才而想象她的样子，回首顾盼而心怀愁绪。

我希望她再次出现，乘着轻舟溯流而上，小舟漂在洛水上忘记了返回，思绪绵绵不绝愈发增添了爱慕之情。夜里我辗转难眠，起身出门，沾满浓霜直到破晓。我让车夫备好车马，将要踏上向东的归路了。揽过缰绳扬起马鞭，怅然徘徊而不愿离去。

辑二

杏花疏雨急急落

做自己，是人生最大的修行！

一点烦恼和外部的环境就影响了心境，不是强者的表现。

保持初心，一个人最好的修养就是：不以物喜，不以己悲。

岳阳楼记

[宋] 范仲淹

庆历四年春，滕子京谪守巴陵郡。越明年，政通人和，百废具兴。乃重修岳阳楼，增其旧制，刻唐贤今人诗赋于其上，属予作文以记之。

予观夫巴陵胜状，在洞庭一湖。衔远山，吞长江，浩浩汤汤[1]，横无际涯；朝晖夕阴，气象万千。此则岳阳楼之大观也，前人之述备矣。然则北通巫峡，南极潇湘，迁客骚人，多会于此，览物之情，得无异乎？

---

1 浩浩汤汤（shāng）：形容水大的样子。

　　若夫淫雨霏霏[1]，连月不开，阴风怒号，浊浪排空，日星隐曜，山岳潜形，商旅不行，樯倾楫摧，薄暮冥冥，虎啸猿啼。登斯楼也，则有去国怀乡，忧谗畏讥，满目萧然，感极而悲者矣。

　　至若春和景明，波澜不惊，上下天光，一碧万顷，沙鸥翔集，锦鳞游泳，岸芷汀兰[2]，郁郁青青。而或长烟一空，皓月千里，浮光跃金，静影沉璧，渔歌互答，此乐何极！登斯楼也，则有心旷神怡，宠辱偕忘，把酒临风，其喜洋洋者矣。

　　嗟夫！予尝求古仁人之心，或异二者之为，何哉？不以物喜，不以己悲。居庙堂之高则忧其民，处江湖之远则忧其君。是进亦忧，退亦忧。然则何时而乐耶？其必曰："先天下之忧而忧，后天下之乐而乐"乎！噫！微斯人，吾谁与归？

　　时六年九月十五日。

1　淫雨霏霏：连绵不断的雨。
2　岸芷汀（tīng）兰：岸上的香芷和小洲上的香兰。汀，小洲，水边平地。

【译文】

　　庆历四年（1044年）的春天，滕子京被贬到岳州做知州。等到了第二年，岳州的一切政务就被处理得顺顺利利，百姓和乐，原来废弃的许多事业也重新兴办。于是他重新修建岳阳楼，在原来的基础上扩大规模，把唐朝和宋代名人的诗赋刻在上面，并嘱托我写篇文章来记述这件事。

　　我看那岳州的胜景，集中在洞庭湖。洞庭湖连接着远处的山，吞吐长江，湖水浩浩荡荡，无边无际，一天之中阴晴变化不定，景象千变万化。这些都是岳阳楼的雄伟景观，前人已经说得很详尽了。只是它向北连通长江巫峡，向南至潇水、湘水，那些被贬官外调的官员和来往的诗人大多相聚在这里，他们游览景物的心情，怕有所不同吧？

　　若是逢着阴雨连绵不断、接连几月不晴的日子，那么就能看见阴风怒吼，浊浪被冲至天空；太阳和星辰的光辉被掩盖，连山岳也看不见；商人和旅客不能上路，船桅倾倒，船桨被折断；傍晚时分天色一片昏暗，虎在咆哮，猿在哀啼。这时登上岳阳楼，就会有一种离开国都、怀念家乡，担心被人诽谤、害怕被讥笑的感怀，所以看见的是满目萧条凄凉，不禁感慨万分而觉得悲哀无限了。

假如是春风和煦、阳光明媚的时候，洞庭湖则风平浪静，天光水色互映，阔大的江面一片碧绿；沙鸥或飞翔或聚在一起，美丽的鱼儿游来游去；岸上的芷草和水边的兰花香气浓郁，花叶茂盛。有时满天的烟雾完全消散，明亮的月光一泻千里，洒在水面上，波光闪耀着金色，静静的月影映在水中犹如璧玉沉在水底，此起彼伏地响着渔人的歌声，这乐趣真是无穷无尽！这时登上岳阳楼，就觉得心旷神怡，恩宠和耻辱一起被忘记，拿着酒杯迎着风，心情真是喜气洋洋！

啊，我曾经探究过古代仁者的内心世界，发现他们的内心和上述两种完全不同，这是为什么呢？原来他们不因外物的美好而欢喜，也不因自己悲惨的遭遇而悲伤。在朝廷上身居高位时，就心系百姓；居住在僻远乡间为官，就担忧国君。他们进也忧虑，退也忧愁。什么时候才会快乐呢？大概他们会说："在天下人忧愁之前就忧愁，在天下人欢乐之后再欢乐。"唉！如果没有这种人，那我同谁一道呢？

写于庆历六年（1046年）九月十五日。

假如不能做个好人，那就做个不错的人。

『清斯濯缨，浊斯濯足』，环境美好，我便努力成长；环境不好，不妨锋芒内藏。

世间有多少人胸怀大志？多的不过是自安自足者。

随遇而安、随俗浮沉就好，经不起折腾。

沧浪亭记

[明] 归有光

　　浮图文瑛居大云庵，环水，即苏子美沧浪亭之地也。亟求余作《沧浪亭记》，曰："昔子美之记，记亭之胜也，请子记吾所以为亭者。"

　　余曰：昔吴越有国时，广陵王镇吴中，治南园于子城之西南，其外戚孙承佑，亦治园于其偏。迨淮海纳土，此园不废。苏子美始建沧浪亭，最后禅者居之。此沧浪亭为大云庵也。有庵以来二百年，文瑛寻古遗事，复子美之构于荒残灭没之余，此大云庵为沧浪亭也。

　　夫古今之变，朝市改易。尝登姑苏之台，望五湖之渺茫，群山之苍翠，太伯、虞仲之所建，阖闾、夫差之所争，子胥、种、蠡之所经营，今皆无有矣，庵与亭何为者哉？虽然，钱镠因乱攘窃，保有吴越，国富兵强，垂及四世，诸子姻戚，乘时奢僭[1]，宫馆苑囿，极一时之盛。而子美之亭，乃为释子所钦重如此。可以见士之欲垂名于千载，不与其澌然[2]而俱尽者，则有在矣。

　　文瑛读书喜诗，与吾徒游，呼之为"沧浪僧"云。

【译文】

　　僧人文瑛住在大云庵，此庵四面环水，是北宋文人苏舜钦建造的沧浪亭的所在地。文瑛几次请我写一篇《沧浪亭记》，说："之前苏舜钦写的《沧浪亭记》，是写沧浪亭的胜景，而我请你写的，是我重新修建沧浪亭的缘由。"

1　僭（jiàn）：超越本分。

2　澌（sī）然：冰块消融的样子。

我写道：从前五代吴越国建国时，广陵王镇守吴中，在内城西南的地方修筑园林，他的儿女亲家孙承佑也在旁边建造园林。一直到吴越国把淮南之地献给宋朝时，这些园林也没有荒废。北宋的苏舜钦最早在这儿建造了沧浪亭，后来是些僧人住在这里。这是沧浪亭变为大云庵的缘由。

大云庵至今有二百年，文瑛探究古代的遗事，在该亭荒废残破的基础上重建苏舜钦所造的沧浪亭，这是大云庵又变为沧浪亭的缘由。

时代变迁，朝代改变。我曾经登上姑苏台，眺望浩渺的五湖，见到苍翠的群山。

这个地方，曾是太伯、虞仲建国的地方，是阖闾、夫差角逐的地盘，是伍子胥、文种、范蠡经营事业之地，现在它们都不存在了，因此庵与亭又算得了什么呢？话虽这么说，只是钱镠乘乱夺取一方，占有吴越之地，国富兵强，延续了四代，子孙亲属乘机奢侈享用，修建的官馆园林盛极一时，而仅苏舜钦的沧浪亭被僧人如此看重。可见士人想留名千载，不与吴越一起迅速消失，道理尽在其中。

    文瑛喜欢读书，爱作诗，常常和我一起游历，我称他为"沧浪僧"。

是痴，还是醒？佛家净土

金山寺的半夜，纨绔公子

张岱带着一帮人唱戏，锣

鼓喧阗。可他们唱的是南

宋名将韩世忠抗击金兵南

侵的故事。

此刻，明朝的国土已遭蹂

躏，战事不断。金戈铁马

声一定比锣鼓声更强烈地

敲打在张岱的心中吧？

金山夜戏

[明] 张岱

　　崇祯二年中秋后一日，余道镇江往兖。日晡[1]，至北固，舣舟江口。月光倒囊入水，江涛吞吐，露气吸之，噀[2]天为白。余大惊喜。

　　移舟过金山寺，已二鼓矣。经龙王堂，入大殿，皆漆静。林下漏月光，疏疏如残雪。余呼小奚携戏具，盛张灯火大殿中，唱韩蕲王金山及长江大战诸剧。锣鼓喧阗，一寺人皆起看。有老僧以手背搬[3]眼翳，翕然张口，呵欠与笑嚏俱至。徐

1　晡（bū）：申时，相当于下午的3点到5点。

2　噀（xùn）：喷水。

3　搬（shā）：揉。

定睛，视为何许人，以何事何时至，皆不敢问。剧完，将曙，解缆过江。山僧至山脚，目送久之，不知是人、是怪、是鬼。

【译文】

　　崇祯二年（1629年）中秋节后的那一天，我途经镇江前往兖州。

　　这天下午四五点钟，我到了北固山，将船停泊在江口，只见月光如倾囊之水泻入大江，波涛吞吐，水雾含着月光喷向空中，将整个天空都染成了白色。见此情景，我大为惊喜。

　　船经过金山寺时，已是晚上10点多了。我穿过龙王堂，进入大殿，只见四周一片漆黑寂静，月光从树木枝叶间漏出来，斑斑点点，散洒一地，宛如残雪。

　　我让童仆取来演戏用的道具，在殿中烧旺灯火，唱起韩蕲王在金山以及长江大战等戏。一时间锣鼓喧天，整个寺的僧人都起来观看。

　　其中，有一个老和尚拿手背揉着昏眼，忽然张大嘴，一时间哈欠、笑声、喷嚏齐出。过了一会儿定睛打量，看我们到底是什么人，什么时候来的，要干什么，但这些种种疑惑都不敢问。戏演完时，天也快亮了，我们解开缆绳过江。和尚们一直跟到山脚下，目送良久，不知我们到底是人、是怪，还是鬼。

繁华如梦，醒来只剩一点长叹！

我们都追求过执念，可到手后的快乐，你还记得吗？

有时候想：人心何必起执念？学会断、舍、离，还自己内心一片宁静，才是真正的满足吧。

趁我们还在生活，趁我们的心还不老，过一种简单的生活，也许世界就会随之变得简单。

《陶庵梦忆》自序

[明] 张岱

陶庵国破家亡，无所归止。披发入山，骇骇[1]为野人。故旧见之，如毒药猛兽，愕窒不敢与接。作《自挽诗》，每欲引决，因《石匮书》未成，尚视息人世。然瓶粟屡罄，不能举火。始知首阳二老直头饿死，不食周粟，还是后人妆点语也。

饥饿之余，好弄笔墨。因思昔人生长王、谢，颇事豪华，今日罹此果报：以笠报颅，以篑[2]报踵，仇簪履也；以衲报裘，以苎报絺[3]，仇轻煖也；以藿报肉，以粝报粮[4]，仇甘旨也；以荐

1　骇骇（hài）：同"骇骇"，令人惊骇的样子。

2　篑（kuì）：这里指草鞋。

3　絺（chī）：细葛布。

4　粝（lì）：粗米。粮（zhāng）：好的粮米。

报床，以石报枕，仇温柔也；以绳报枢，以瓮报牖，仇爽垲¹也；以烟报目，以粪报鼻，仇香艳也；以途报足，以囊报肩，仇舆从也。种种罪案，从种种果报中见之。

鸡鸣枕上，夜气方回，因想余生平，繁华靡丽，过眼皆空，五十年来，总成一梦。今当黍熟黄粱，车旋蚁穴，当作如何消受？遥思往事，忆即书之，持向佛前，一一忏悔。不次岁月，异年谱也；不分门类，别《志林》也。偶拈一则，如游旧径，如见故人，城郭人民，翻用自喜。真所谓"痴人前不得说梦"矣。

昔有西陵脚夫为人担酒，失足破其瓮。念无以偿，痴坐伫想曰："得是梦便好！"一寒士乡试中式，方赴鹿鸣宴，恍然犹意非真，自啮其臂曰："莫是梦否？"一梦耳，惟恐其非梦，又惟恐其是梦，其为痴人则一也。

余今大梦将寤，犹事雕虫，又是一番梦呓。因叹慧业文人，名心难化，正如邯郸梦断，漏尽钟鸣，卢生遗表，犹思摹

---

1 爽垲（kǎi）：指明亮干燥的房屋。

拓二王，以流传后世。则其名根一点，坚固如佛家舍利，劫火
猛烈，犹烧之不失也。

【译文】

国破家亡之后，我无处可去，只得披头散发逃入山中，样子
可怕，跟野人差不多。老朋友们看到我，就像看到了毒药、猛兽
一样，吓得喘不上气来，全都不敢靠近我。

我是早就写好了《自挽诗》的，可每次要自行了断时，都因
《石匮书》还没有写成而作罢，所以才苟活于世到如今。然而，
我的米缸里时常没米，不能生火做饭。到现在我才明白那遁入首
阳山的伯夷、叔齐二人其实就是活活饿死的，说他们"不食周
粟"，不过是后人的粉饰罢了。

尽管总是饿着肚子，但是我依旧喜欢舞文弄墨。就是因为我
以前生活在王、谢那样的豪门世家，日子过得太过奢华，如今才遭
到了这样的报应：如今头戴竹笠，脚穿草鞋，就是以前头插玉簪、

脚蹬丝履的报应；如今身穿破衣而非皮裘，穿粗麻布而非细葛布，就是以前穿着轻暖美服的报应；如今吃野菜而非肉食，粗粮而非精米，就是以前尽享美味佳肴的报应；如今我睡草褥而非床榻，枕石块而非枕头，就是以前睡温暖柔软被窝的报应；如今我用草绳代替门枢，用瓦瓮代替窗棂，就是以前住豪宅的报应；如今炊烟熏着我的眼睛，粪臭刺激我的鼻子，就是以前享受香艳美色的报应；如今我肩背包囊，徒步跋涉，就是以前坐轿子使奴仆的报应。

如此这般，以前的种种罪孽，如今都在种种报应里一一呈现了。

睡在石块枕头上听到鸡叫，夜色将尽时分回想起我的一生，可谓繁华奢靡，但已经转眼成空。五十年的光阴，总归是做了一场梦。如今黄粱已经煮熟，车马已从蚁穴中转回，大梦醒来之后，这日子又该如何打发呢？我追忆往昔，想到什么都落笔写下来，然后拿到佛前一一忏悔。

由于不是年谱，所以文章不按年月先后排序；由于不是《志林》之类的笔记，所以也不分门别类。偶尔抽一篇出来读读，竟也像故地重游、老友相见似的，虽说城郭依旧、人事已非，而我反倒喜不自胜。真所谓痴人面前不可说梦啊！

从前，西陵那地方有个脚夫在给人挑酒的时候，不小心滑了一跤，将酒坛子摔碎了。他知道自己是怎么也赔不起的，就痴痴地坐着呆想道："这要是个梦就好了。"又有一个穷书生，乡试得中，去赴官府招待的鹿鸣宴时还不敢相信这是真的，就在自己胳膊上咬了一口，说："我不是在做梦吧？"同样是在说梦，一个唯恐不是梦，一个又唯恐是梦，但就"痴人"来说，他们俩其实是一样的。

我如今大梦将醒，时期将近，却还在弄这些雕虫小技，分明又是一番梦中呓语。

由此我也感叹那些有着"慧业"的文人，名利之心总是难以淡化。正好像邯郸之梦已经到头，刻漏已尽，钟声响起，那卢生在写遗表时，还想着要模仿"二王"的书法，企图流传后世呢。所以说这人想出名的本性，真是坚硬得像佛家的舍利子一样，纵然劫火猛烈，也还是难以焚化的。

做自己喜欢的事情，奔赴简单的快乐。种种花，吃吃美食，欣赏沿途的风景，能治愈生活的良方，就是保持对生活的热爱。

人生常常是：拂去一身尘埃才明白，这辈子只有一件事，就是活好。

把自己活好，其他事都很简单。

醉翁亭记

[宋] 欧阳修

环滁皆山也。其西南诸峰，林壑¹尤美，望之蔚然而深秀者，琅琊²也。山行六七里，渐闻水声潺潺，而泻出于两峰之间者，酿泉也。峰回路转，有亭翼然临于泉上者，醉翁亭也。作亭者谁？山之僧智仙也。名之者谁？太守自谓也。太守与客来饮于此，饮少辄醉，而年又最高，故自号曰醉翁也。醉翁之意不在酒，在乎山水之间也。山水之乐，得之心而寓之酒也。

若夫日出而林霏³开，云归而岩穴暝，晦明变化者，山间

1　林壑（hè）：树林和山谷。

2　琅琊（lángyá）：琅琊山，在今安徽滁州西南。因东晋琅琊王（元帝）避难于此而得名。

3　林霏：指林间雾气。

之朝暮也。野芳发而幽香，佳木秀而繁阴，风霜高洁，水落而石出者，山间之四时也。朝而往，暮而归，四时之景不同，而乐亦无穷也。

至于负者歌于途，行者休于树，前者呼，后者应，伛偻提携[1]，往来而不绝者，滁人游也。临溪而渔，溪深而鱼肥；酿泉为酒，泉香而酒洌；山肴野蔌，杂然而前陈者，太守宴也。宴酣之乐，非丝非竹，射者中，弈者胜，觥[2]筹交错，起坐而喧哗者，众宾欢也。苍颜白发，颓然乎其间者，太守醉也。

已而夕阳在山，人影散乱，太守归而宾客从也。树林阴翳[3]，鸣声上下，游人去而禽鸟乐也。然禽鸟知山林之乐，而不知人之乐；人知从太守游而乐，而不知太守之乐其乐也。醉能同其乐，醒能述以文者，太守也。太守谓谁？庐陵欧阳修也。

---

1 伛偻（yǔlǚ）：驼背的样子，指老年人。提携：这里指小孩。

2 觥（gōng）：用兽角做的一种酒器。

3 阴翳（yì）：树的枝叶繁茂成荫。

【译文】

滁州城四面皆是山，其中西南面的几座山峰，树林和山谷尤其美丽。远远望去草木葱郁、幽深秀丽的，就是琅琊山。沿着山路行走六七里，渐渐听到潺潺流水声，看到从两座山峰之间倾泻而出的水流，那就是酿泉。

山势回环，山路也跟着转弯，有座亭子四角上翘像鸟儿展翅欲飞，它临近泉边，那就是醉翁亭。建造这亭子的人是谁？是山里的和尚智仙。亭子的名称是谁起的？是太守自己的称号。

太守和宾客来这里喝酒，稍微喝一点就醉了，而且年纪又最大，所以自号"醉翁"。醉翁喝酒并不只是喝酒，而在欣赏山水的美景。游山玩水的乐趣，内心体会到了而寄托于酒。

　　太阳升起之后山林间的雾气就会消散，若云烟聚集在一起，那么山谷就显得昏暗，这明暗的变化，是山林的早晨和黄昏。野花盛开发出清香，树木茂盛，枝叶浓密，或者风气高爽，霜色洁白，溪水低落，石块显露，这就是山林的四季变化。清晨进山，到晚才回家，看到的四季景象不同，游赏的乐趣也无尽。

　　背着东西的人在路上歌唱，行路的人在树下休息，前面的人打招呼而后面的人回答，老老少少来往不断，这是滁州百姓来这里游玩。

　　到溪边捕鱼，溪水深而鱼儿肥；用泉水酿酒，泉水香甜而酒味清醇；山林里的野味野菜，交错摆在面前，这是太守的筵席。宴饮欢快的乐趣，不在于琴弦箫管，投壶的人投中了，下棋的人得胜了，酒杯和酒筹交互错杂，站起来坐下去大声喧闹，是宾客们的欢乐。其间，有个人苍颜白发，昏昏沉沉地坐在宾客中，那就是喝醉的太守本人。

　　不久日落西山，人影杂乱，那是太守和宾客们一起回城。树林遮蔽成荫，鸟声高低上下，那是游人走后鸟儿的欢乐。然而鸟儿们只知生活在山林里的快乐，却不知道人们的快乐；人们只知道跟随太守游玩的快乐，而不知道太守为他们的快乐而感到快乐。

酒醉时能与人们一起快乐，酒醒后又能写文章描述这种快乐的，那是太守。太守是谁？是庐陵的欧阳修。

自嘲才是一个人的高级感。

懂点自嘲，人就活得轻松。

至少遇事缓解了点尴尬，少了点埋怨。

当你学会自嘲而不是嘲笑别人的时候，你便成熟了。

愚溪诗序

[唐] 柳宗元

灌水之阳有溪焉，东流入于潇水。或曰："冉氏尝居也，故姓是溪为冉溪。"或曰："可以染也，名之以其能，故谓之染溪。"余以愚触罪，谪潇水上，爱是溪，入二三里，得其尤绝者家焉。古有愚公谷，今余家是溪，而名莫能定，土之居者犹断断然[1]，不可以不更也，故更之为愚溪。

愚溪之上，买小丘为愚丘。自愚丘东北行六十步，得泉焉，又买居之，为愚泉。愚泉凡六穴，皆出山下平地，盖上出也。合流屈曲而南，为愚沟。遂负土累石，塞其隘，为愚池。

---

1 断断（yín）然：争辩的样子。

愚池之东为愚堂，其南为愚亭，池之中为愚岛。嘉木异石错置，皆山水之奇者，以余故，咸以愚辱焉。

夫水，智者乐也¹。今是溪独见辱于愚，何哉？盖其流甚下，不可以灌溉；又峻急，多坻石²，大舟不可入也；幽邃浅狭，蛟龙不屑，不能兴云雨。无以利世，而适类于余，然则虽辱而愚之，可也。

宁武子"邦无道则愚"，智而为愚者也；颜子"终日不违如愚"，睿而为愚者也。皆不得为真愚。今余遭有道，而违于理，悖³于事，故凡为愚者，莫我若也。夫然，则天下莫能争是溪，余得专而名焉。

溪虽莫利于世，而善鉴万类，清莹秀澈，锵鸣金石，能使愚者喜笑眷慕，乐而不能去也。余虽不合于俗，亦颇以文墨自

1 夫水，智者乐（yào）也：语出《论语·雍也》："知者乐水，仁者乐山。"乐，喜欢，爱好。

2 坻（chí）石：凸出水面的石头。

3 悖：违背。

慰，漱涤万物，牢笼百态，而无所避之。以愚辞歌愚溪，则茫然而不违，昏然而同归，超鸿蒙，混希夷，寂寥而莫我知也。于是作《八愚诗》，记于溪石上。

【译文】

灌水的北面有一条小溪，溪水向东流到潇水。有人说："过去一户姓冉的人家住在溪边，所以这条溪叫作冉溪。"也有人说："这溪的水可以用来漂染丝帛，用它的作用来命名，所以称为染溪。"

我因为愚蠢而犯了罪，被贬谪到潇水之上，爱上这条小溪，沿溪水往里走二三里，发现风景绝佳的地方便安下家来。古代有个愚公谷，如今我住在这条溪边，而溪水的名字一直未定下来，当地的居民对它究竟该叫冉溪还是染溪至今争论不休，看来溪名不改是不行的了，所以就替它改名叫愚溪。

我在愚溪边买了一个小山丘，取名愚丘。从愚丘往东北走六十步，有一眼泉，也把它买了下来，取名愚泉。愚泉总共有六个泉眼，都在山下平地，泉水都是往上涌出的。六股泉水汇合后沿着一条沟弯弯曲曲向南流去，这条沟叫作愚沟。

于是我背土堆垒石头，将愚沟狭窄的地方堵住，使之形成愚池。愚池的东面建了愚堂，南面盖起愚亭，愚池当中是愚岛。好树和怪石交错地布置在这里，都是奇丽的山水胜景，却因为我的缘故，都蒙上了"愚"的坏名声。

水，是智者所喜爱的。但这条小溪如今却被侮辱为愚蠢，为什么呢？是因为它的水位很低，不能用来灌溉；水流又很湍急，溪中多突出水面的石头，大船不能驶进去；幽深浅狭，蛟龙也不愿意看一眼，不能在浅水中兴云作雨。它对世人毫无益处，却正好和我这类人差不多，所以用"愚"字来玷辱它也无大碍。

宁武子在"国家混乱的时候就像个愚笨的人"，那是智者故意装愚；颜回"整天不提相反的看法，似乎很笨"，那也是睿智的人看似愚蠢。他们都不算是真愚。而我呢，生在如今清明的世道，却违背常理，做了蠢事，所以再也没有比我更愚蠢的了吧。

正因为如此，天下才没有人能同我争这条溪水，我单独占有了它，并给它取这个名字。

愚溪虽然对世人没有什么用处，但它能映照万物，溪水清澈，溪水撞击石头发出铿锵声，能使愚人眷恋爱慕，快乐得忘记回家。

我虽然同世俗格格不入，也颇能以文墨来安慰自己，我所描写的万事万物如用水洗涤过一样鲜明生动，事物的千姿百态在我笔下都无所遁形。用我愚拙的文辞来歌颂愚溪，便觉得茫茫然与愚溪合而为一，昏昏然与愚溪融为一体，简直超脱于元气之外，融入寂寥无垠的太空之中，达到形神俱忘、空虚无我的境界。于是便写了一首《八愚诗》，刻在溪边的石壁上。

形势比人强，做人要懂得造势。

同样的风景，在好地段人人都来；在荒僻的地方，则无人欣赏。人也一样，站在风口，想停留一下都不行。

但哪有那么多风口等着你？等风来，不如追风去，主动造形势，才能掌握自己的命运。

钻鉧潭西小丘记

[唐] 柳宗元

得西山后八日，寻山口西北道二百步，又得钻鉧潭[1]。西二十五步，当湍而浚者为鱼梁。梁之上有丘焉，生竹树。其石之突怒偃蹇[2]，负土而出，争为奇状者，殆不可数。其嵚然[3]相累而下者，若牛马之饮于溪；其冲然角列而上者，若熊罴之登于山。

丘之小不能一亩，可以笼而有之。问其主，曰："唐氏之弃地，货而不售。"问其价，曰："止四百。"余怜而售之。李

---

1 钻鉧（gǔmǔ）潭：在今湖南永州。古代称熨斗为钻鉧，钻鉧潭像古代熨斗，故名之。

2 偃蹇（yǎnjiǎn）：形容石头高耸的样子。

3 嵚（qīn）然：山势险峻的样子。

深源、元克己时同游，皆大喜，出自意外。即更取器用，铲刈¹秽草，伐去恶木，烈火而焚之。嘉木立，美竹露，奇石显。由其中以望，则山之高，云之浮，溪之流，鸟兽之遨游，举熙熙然回巧献技，以效兹丘之下。枕席而卧，则清泠之状²与目谋，潜潜之声³与耳谋，悠然而虚者与神谋，渊然而静者与心谋。不匝旬⁴而得异地者二⁵，虽古好事之士，或未能至焉。

噫！以兹丘之胜，致之沣、镐、鄠、杜，则贵游之士争买者，日增千金而愈不可得。今弃是州也，农夫渔父过而陋之，价四百，连岁不能售。而我与深源、克己独喜得之，是其果有遭乎？书于石，所以贺兹丘之遭也。

1　刈（yì）：割去。

2　清泠（líng）之状：指清凉的景色。

3　潜潜（yíng）之声：形容水流回旋的声音。

4　不匝（zā）旬：不满十天。匝，周，满。

5　得异地者二：得到两处奇境。一指西山，一指钻鉧潭及潭西的小丘。

【译文】

寻找到西山后的第八天，沿着山口向西北走两百步，又找到了钴鉧潭。往钴鉧潭西边走二十五步，水深流急的地方是一道拦水坝。坝上有小丘，上面长着竹子和树木。小丘上的石头突出高起，都露在泥土外面，争奇斗怪的，多得数不清。那倾斜重叠俯向下面的石头，好似牛或者马在小溪中喝水；那高耸突出、如兽角往上冲着的，好像熊或者罴在登山。

这小丘不到一亩，仿佛能把它装在笼子里提着。我打听它的主人是谁，有人说："这是唐家不要的地方，想卖掉，却没人要。"问这小丘的价钱，说："只要四百金。"我喜欢它，就把它买了下来。

当时，李深源、元克己和我一起游览，他们都很高兴，觉得这是个意外的收获。我们就马上轮流拿着镰刀、锄头，铲除杂草，砍掉那些乱七八糟的树，点一把大火把它们统统烧掉。好看的树木挺立着，漂亮的竹子显露出来，奇异的石头也露出本来面目。站在土丘中间观望，只见高高的山，白云飘浮，溪水流淌，飞禽走兽在遨游，全都和谐快乐地呈献技巧，在小丘面前表演，为小丘增色。

我们枕着石头席地而卧，那清凉的景色使我眼目舒适，回旋的水声分外悦耳，悠远开阔、深邃幽静的境界使人心旷神怡。不满十天我就得到了两处风景优美的地方，即使是古代爱好山水的人，也没有这样的好运吧！

唉！把这个景色优美的小丘放到京城附近的沣、镐、鄠、杜等地，那么喜欢游赏的人争抢着为了买到它，即使日加千金也不一定买得到。如今被抛弃在这荒僻的永州，农民、渔夫走过也不看一眼，只卖四百金而几年都没卖出去。偏偏我与深源、克己为得到它而高兴，难道这个小丘与我们有机缘吗？我把这篇文章写在石碑上，用来祝贺这个小丘碰上了好运气。

人世美好难得，恰如烟花易冷。谁为我停留，而我又成为谁的风景？世间的聚散离合，仿若一切命中注定，终不是你倾注以深情，岁月便会以长情待你。想通了，那便不念过往，不惧将来，过好当下，过好今生。

黄冈竹楼记

[宋] 王禹偁

黄冈之地多竹，大者如椽。竹工破之，刳¹去其节，用代陶瓦。比屋皆然，以其价廉而工省也。

子城西北隅，雉堞圮毁²，榛莽荒秽，因作小楼二间，与月波楼通。远吞山光，平挹江濑，幽阒辽夐³，不可具状。夏宜急雨，有瀑布声；冬宜密雪，有碎玉声。宜鼓琴，琴调虚畅；宜咏诗，诗韵清绝；宜围棋，子声丁丁然；宜投壶，矢声铮铮然：皆竹楼之所助也。

1 刳（kū）：挖去，挖空。

2 圮（pǐ）毁：倒塌，毁坏。

3 夐（xiòng）：遥远、辽阔。

公退之暇，被鹤氅衣，戴华阳巾，手执《周易》一卷，焚香默坐，消遣世虑。江山之外，第见风帆沙鸟、烟云竹树而已。待其酒力醒，茶烟歇，送夕阳，迎素月，亦谪居之胜概也。

彼齐云、落星[1]，高则高矣；井幹、丽谯[2]，华则华矣！止于贮妓女，藏歌舞，非骚人之事，吾所不取。

吾闻竹工云："竹之为瓦，仅十稔，若重覆之，得二十稔。"噫！吾以至道乙未岁，自翰林出滁上。丙申，移广陵；丁酉，又入西掖。戊戌岁除日，有齐安之命。己亥闰三月到郡。四年之间，奔走不暇；未知明年又在何处，岂惧竹楼之易朽乎？幸后之人与我同志，嗣而葺之，庶斯楼之不朽也。

咸平二年八月十五日记。

---

1 齐云：齐云楼，位于今江苏苏州，相传是五代时韩浦建造。落星：落星楼，在今江苏南京东北，三国时吴国孙权建造。

2 井幹（hán）：井幹楼，汉武帝刘彻所建。丽谯：丽谯楼，魏武帝曹操所建。

【译文】

黄冈盛产竹子,粗大的像屋椽,竹匠把它剖开,挖去里面的竹节,以竹代替陶瓦。家家户户都这样,因为竹瓦价钱便宜而制作工序简单。

黄冈城内城的西北角,城上的矮墙已经塌坏,小树野草密集地生长着,因此我盖了两间小竹楼,与月波楼相通。在小竹楼上向远方看则山色尽览,向近处看则可看见江滩、碧波,景象清幽静谧、辽阔绵远,无法一一描绘出来。

夏天若能碰上急雨,雨打竹楼有如瀑布声;冬天若遇到大雪,能听到如玉碎时的声音。竹楼里适合弹琴,琴声清虚闲畅;适宜咏诗,诗的韵味清雅妙绝;适宜下围棋,落棋时棋子声叮叮作响;适宜玩投壶游戏,投中时箭声铮铮。这些都是竹楼的功劳。

我把刺史的公务完成后,身披鸟羽织成的裘衣,头戴道士的头巾,手拿《周易》一册,在竹楼焚香静坐,排遣世俗的杂念。

江水山色之外，所见的只有风帆沙鸟、烟云竹树罢了。等到酒醒
之后，茶炉的烟火已消散，送走落日则迎来清月，这也是谪居生
活中的佳境了。

那齐云楼、落星楼，算是很高的了；井幹楼、丽谯楼，算是
华丽的了，可它们只能用来蓄养妓女，安顿歌女舞女，那不是读
书人所行的风流雅事，我不赞同。

我听竹匠说："用竹子作瓦片，只能用十年；如果铺两层，
能用二十年。"

唉！至道元年（995年）任翰林学士的我被贬往滁州任知州，
至道二年（996年）调往扬州，至道三年（997年）回京进中书
省任职。咸平元年（998年）除夕那天，我又接到被贬往黄州的
命令，咸平二年（999年）闰三月到达黄州。这四年里，我不停
地奔波，不知明年又到什么地方，难道还怕竹楼容易朽坏吗？希
望我的继任者和我志趣相投，修缮它，使这座竹楼不要坏掉啊。

咸平二年八月十五日作记。

谁也无法改变时间、人事变化，一切只能随缘。

有些人不经意出现，意外地给了你惊喜，你笃定他是你的全部，最终他却只是匆匆的过客。

生活的最高境界是：珍惜自己的过去，满意自己的现在，乐观于自己的未来。

凌虚台记

[宋] 苏轼

国于南山之下，宜若起居饮食与山接也。四方之山，莫高于终南，而都邑之丽山者，莫近于扶风。以至近求最高，其势必得。而太守之居，未尝知有山焉。虽非事之所以损益，而物理有不当然者。此凌虚之所为筑也。

方其未筑也，太守陈公杖履逍遥于其下，见山之出于林木之上者，累累如人之旅行于墙外而见其髻也，曰："是必有异。"使工凿其前为方池，以其土筑台，高出于屋之檐而止。然后人之至于其上者，恍然不知台之高，而以为山之踊跃奋迅而出也。公曰："是宜名凌虚。"以告其从事苏轼，而求文以为记。

轼复于公曰："物之废兴成毁，不可得而知也。昔者荒草野田，霜露之所蒙翳[1]，狐虺[2]之所窜伏。方是时，岂知有凌虚台耶？废兴成毁，相寻于无穷，则台之复为荒草野田，皆不可知也。尝试与公登台而望，其东则秦穆之祈年、橐泉[3]也，其南则汉武之长杨、五柞[4]，而其北则隋之仁寿、唐之九成也。计其一时之盛，宏杰诡丽，坚固而不可动者，岂特百倍于台而已哉！然而数世之后，欲求其仿佛，而破瓦颓垣无复存者，既已化为禾黍荆棘丘墟陇亩矣，而况于此台欤！夫台犹不足恃以长久，而况于人事之得丧、忽往而忽来者欤？而或者欲以夸世而自足，则过矣。盖世有足恃者，而不在乎台之存亡也。"

既以言于公，退而为之记。

1　蒙翳：遮盖，遮蔽。

2　虺（huǐ）：毒蛇。

3　祈（qí）年、橐（tuó）泉：宫名。

4　五柞（zuò）：宫名。旧址在今陕西周至县东南，为汉代离宫，因宫中有五柞树，故名。

【译文】

　　住在终南山脚下，饮食起居都和终南山里的很接近。周围的山没有比终南山更高的，而城郭也没有比扶风城更靠近终南山的。因为离山很近，所以想要去终南山的最高处肯定能办到。可是住在这里的太守，却不知道有山，虽然这不影响事情最终的结果，但按理来说不应该这样。这就是修建凌虚台的原因。

　　当凌虚台还没有修建之前，太守陈公拄着手杖，穿着布鞋，逍遥自在地在山下游玩，看着高高的山峰在树林之上，重叠连接，样子就像墙内的人看见的墙外行人发髻的形状，便说："这里一定有奇特的景色。"于是就派工匠在山前开凿一口方形的池塘，用挖出的泥土筑起一座亭台，亭台的高度修到高出屋檐。

　　登上高台的人，恍恍惚惚的，并不认为是台很高，而以为是山峦突然冒出来的。陈公便说："这座高台应该叫作'凌虚'。"他把这事告诉他的佐吏——我，并请我写文章记述这事。

　　我对陈公说："事物的兴盛衰败无法预测，从前这里荒草丛生，是野外之地，被霜露覆盖遮蔽，狐类、毒蛇常常出没。那个时候，哪里会料到有凌虚台呢？兴盛衰败，相互更替而无穷无尽，那么这座高台重新变成荒草野田，也是无法预知的。

"我曾经和您登台远眺，它的东面是秦穆公的祈年宫、橐泉宫，南面是汉武帝的长杨宫、五柞宫，而北面是隋朝的仁寿宫、唐朝的九成宫。那些宫殿，当年兴盛的时候结构宏伟奇丽，坚固得不可动摇，岂止超过区区凌虚台一百倍呢！但是，几个世代之后，想要看看它们的样子，却连破碎的瓦砾和倒塌的垣墙都见不到了，它们已经变成长满庄稼的田地和荆棘丛生的荒丘，更何况区区凌虚台呢！

"凌虚台尚且不能依靠坚固而长久存在，何况忽去忽来而本来无法捉摸的人事得失呢！因此，世上如果有人想以筑台来夸耀于世，自我满足，那就大错特错。世上的确有足以依靠的东西，但与台的存在或消失没有关系。"

我将这些话对陈公说后，告辞回来就写了这篇文章。

子弹要在天上飞多久，才能变成和平的白鸽啊？森森英雄冢内，谁是谁的父亲？谁是谁的丈夫？谁是谁的儿子？

唯愿山河无恙，国泰民安。

吊古战场文

[唐] 李华

浩浩乎平沙无垠，夐不见人。河水萦带，群山纠纷。黯兮惨悴，风悲日曛[1]。蓬断草枯，凛若霜晨。鸟飞不下，兽铤[2]亡群。亭长告余曰："此古战场也。尝覆三军。往往鬼哭，天阴则闻。"

伤心哉！秦欤汉欤？将近代欤？吾闻夫齐魏徭戍，荆韩召募。万里奔走，连年暴露。沙草晨牧，河冰夜渡。地阔天长，不知归路。寄身锋刃，腷臆[3]谁诉？秦汉而还，多事四夷。中

1　曛（xūn）：昏暗。

2　铤（tǐng）：快走的样子。

3　腷（bì）臆（yì）：亦作"愊忆"，烦闷。

州耗斁[1]，无世无之。古称戎夏，不抗王师。文教失宣，武臣用奇。奇兵有异于仁义，王道迂阔而莫为。呜呼噫嘻！

吾想夫北风振漠，胡兵伺便。主将骄敌，期门受战。野竖旄旗，川回组练。法重心骇，威尊命贱。利镞穿骨，惊沙入面。主客相搏，山川震眩。声析江河，势崩雷电。至若穷阴凝闭，凛冽海隅，积雪没胫，坚冰在须。鸷鸟休巢，征马踟蹰。缯纩[2]无温，堕指裂肤。当此苦寒，天假强胡，凭陵杀气，以相剪屠。径截辎重，横攻士卒。都尉新降，将军覆没。尸填巨港之岸，血满长城之窟。无贵无贱，同为枯骨，可胜[3]言哉！

鼓衰兮力尽，矢竭兮弦绝，白刃交兮宝刀折，两军蹙[4]兮生死决。降矣哉，终身夷狄；战矣哉，骨暴沙砾。鸟无声兮山寂寂，夜正长兮风淅淅。魂魄结兮天沉沉，鬼神聚兮云幂幂[5]。

1　耗斁（dù）：损耗败坏。

2　缯纩（zēngkuàng）：此指冬衣。缯，丝织品的总称。纩，丝绵。

3　胜：承担。

4　蹙：迫近。

5　幂幂：覆盖笼罩的样子。

日光寒兮草短，月色苦兮霜白。伤心惨目，有如是耶！

　　吾闻之：牧用赵卒，大破林胡，开地千里，遁逃匈奴。汉倾天下，财殚力痡[1]。任人而已，其在多乎？周逐猃狁[2]，北至太原，既城朔方，全师而还。饮至策勋，和乐且闲，穆穆棣棣，君臣之间。秦起长城，竟海为关，荼毒[3]生灵，万里朱殷[4]。汉击匈奴，虽得阴山，枕骸遍野，功不补患。

　　苍苍蒸民，谁无父母？提携捧负，畏其不寿。谁无兄弟？如足如手。谁无夫妇？如宾如友。生也何恩？杀之何咎？其存其没，家莫闻知。人或有言，将信将疑。悁悁[5]心目，寝寐见之。布奠倾觞，哭望天涯。天地为愁，草木凄悲。吊祭不至，精魂何依？必有凶年，人其流离。呜呼噫嘻！时耶命耶？从古如斯！为之奈何？守在四夷。

1　殚：尽。痡（pū）：极度倦苦。

2　猃狁（xiǎnyǔn）：古代北方少数民族，即后来的匈奴。

3　荼毒：残害。

4　朱殷：鲜血。

5　悁悁（yuān）：忧闷的样子。

【译文】

真广阔啊！平原无边无际，看不见一个人。河水像带子一样弯曲缠绕，群山错杂耸立。昏暗凄惨啊，北风悲号，日色昏黄。飞蓬断落，杂草枯萎，寒气凛冽得就像有严霜的早晨。鸟儿在空中盘旋，不肯落下；野兽在地上狂奔而失散了同伴。

当地的亭长对我说："这里是古战场，曾经有很多军队死在这里。常常有鬼哭声，在阴天就可以听见。"伤心啊！这是秦的古战场？汉朝的？还是近代的？

我听说战国时代的齐魏两国征兵服役，楚韩两国招募兵丁从事征战。战士们奔走万里，年复一年地日晒露浸。早晨，在沙漠里寻找水草放牧战马；夜晚，渡过结了冰的河流。天地是如此辽阔，不知道回家的路在哪里。身体交给了刀锋兵刃，胸中的愁闷向谁诉说呢？

自秦汉以来，中原被四周的少数民族屡屡侵扰，受到破坏，没有任何朝代可以避免。古人说，戎狄和华夏，都不和帝王的大军对抗，到后来，文化教育不再被宣传，武将开始用阴谋诡计了。奇兵突击不同于仁义之师，仁政成为迂腐的说教，再没有人去实施。唉，可叹啊！

站在这里我想象着：北风吹动沙漠，胡兵乘机杀出，主将轻敌，敌人到了营门才仓促应战。

原野上军旗竖起，军队在平沙中来回奔跑，士兵们害怕严厉的军法，军令如山，宁可牺牲性命。锋利的箭头穿过骨头，飞扬的沙子迎面而来。敌我双方展开肉搏，山川都被震动得头晕目眩。喊杀的声音撕裂了江河，冲杀的气势崩裂了雷电。

何况正值隆冬季节，空气凝结，滴水成冰，在瀚海之边，积雪没过了小腿，胡子上全是冰。猛禽也只能在巢中休息，战马被冻得徘徊不前。薄薄的棉衣，没有丝毫温度，作战的人啊，手指被冻掉，皮肤开裂。

如此冷的天，是老天给强大的胡人以机会。胡人凭着肃杀之气，对我军劫掠屠杀，直接袭击辎重，肆意攻打军队。都尉投降了，将军已阵亡。尸体堆积在大港沿岸，鲜血淌满了长城窟穴。不论高低贵贱，同样都成为枯骨。真是说不尽的凄惨！

鼓声弱了力气也用完了，箭射完了弓弦也断了，兵刃相接，宝刀断开，两军交锋生死相拼！投降，从此成为蛮夷人；战斗，尸骨则暴露在黄沙中。山林寂静，连鸟都没有声音；长夜漫漫，寒风呼呼地吹。魂灵凝结啊天色沉沉，鬼神聚集啊阴云密布。日光惨淡啊映照着枯草，月色凄苦啊笼罩着白霜。这世上触目惊心的事，竟有这样的吗？

我听说李牧统领赵国的士兵，大破匈奴的林胡部，开疆拓土千里，使匈奴望风而逃。汉朝倾尽天下之力与匈奴作战，结果民穷财尽，国力衰弱。这里面的关键在于用人是否得当，岂是兵力的多少呢？

周朝驱逐北方的少数民族直到太原，在北方筑城之后，全军凯旋。祭祀宴饮，庆功授勋，君臣之间和睦安适，端庄恭敬。而秦朝呢，修长城，建造关塞直到海边，残害百姓，流血万里。汉朝虽然打败了匈奴，得到阴山，但无数将士战死，功绩远远抵不上祸害。

　　天下百姓，谁没有父母？父母从小牵着抱着，生怕孩子长不大。谁没有兄弟？兄弟间的情谊如同手足。谁没有夫妻？夫妻恩爱得相敬如宾。他们活着受到过什么恩惠？有何过错要杀害他们？连是死是活家里都没人知道。即便有人传来消息，也叫人将信将疑。忧愁苦闷，触目伤心，梦里似见亲人。摆酒遥祭，哭望天涯。天地为之悲怆，草木为之哀恸。哭吊祭奠不能让死者感知，他们的灵魂归依何处？

　　大战之后，必有灾荒，苦难的人们，又将流离失所。哎呀，真悲哀！这是时势如此，还是命运不济？自古以来，就是如此。怎么办？只有广行仁德，让四方各族都来为朝廷守卫疆土才能天下太平，没有战争。

自
愈

不以物喜，不以己悲。

——《岳阳楼记》

林下漏月光，疏疏如残雪。

——《金山夜戏》

想余生平，繁华靡丽，过眼皆空，五十年来，总成一梦。

——《〈陶庵梦忆〉自序》

大梦将寤，犹事雕虫。

——《〈陶庵梦忆〉自序》

醉翁之意不在酒，在乎山水之间也。

——《醉翁亭记》

不合于俗，亦颇以文墨自慰，漱涤万物，牢笼百态，而无所避之。

——《愚溪诗序》

未知明年又在何处，岂惧竹楼之易朽乎？

——《黄冈竹楼记》

鼓衰兮力尽，矢竭兮弦绝，白刃交兮宝刀折，两军蹙兮生死决。

——《吊古战场文》

吾与汝俱少年，以为虽暂相别，终当久相与处。

——《祭十二郎文》

世间烦恼的人那么多，不差你一个。

好好去生活吧，不能解决的问题，你也解决不了，僵着没用。

生而为人，我们总需要点格局，有了格局，就不会画地为牢。

秋声赋

[宋] 欧阳修

欧阳子方夜读书，闻有声自西南来者，悚然而听之，曰："异哉！"初淅沥以萧飒，忽奔腾而砰湃，如波涛夜惊，风雨骤至。其触于物也，铮铮铮铮[1]，金铁皆鸣；又如赴敌之兵，衔枚疾走，不闻号令，但闻人马之行声。予谓童子："此何声也？汝出视之。"童子曰："星月皎洁，明河在天。四无人声，声在树间。"

予曰："噫嘻，悲哉！此秋声也，胡为乎来哉？盖夫秋之为状也：其色惨淡，烟霏云敛；其容清明，天高日晶；其气栗

---

1 铮铮（cōng）铮铮：金属相击的声音。

洌，砭[1]人肌骨；其意萧条，山川寂寥。故其为声也，凄凄切切，呼号奋发。丰草绿缛而争茂，佳木葱茏而可悦；草拂之而色变，木遭之而叶脱。其所以摧败零落者，乃一气之余烈。

"夫秋，刑官也，于时为阴；又兵象也，于行用金，是谓天地之义气，常以肃杀而为心。天之于物，春生秋实。故其在乐也，商声主西方之音，夷则为七月之律。商，伤也，物既老而悲伤；夷，戮也，物过盛而当杀。

"嗟乎！草木无情，有时飘零，人为动物，惟物之灵，百忧感其心，万事劳其形，有动于中，必摇其精。而况思其力之所不及，忧其智之所不能；宜其渥然丹者为槁木，黟然黑者[2]为星星。奈何以非金石之质，欲与草木而争荣？念谁为之戕贼，亦何恨乎秋声？"

童子莫对，垂头而睡。但闻四壁虫声唧唧，如助余之叹息。

---

1 砭（biān）：刺。原指古代用以刺皮肉治病的石针。

2 黟（yī）然黑者：指乌亮的鬓发，比喻年轻。黟然，乌黑的样子。

【译文】

夜晚，我正在读书，听到有声音从西南方传来，很吃惊，说："好奇怪啊！"风吹过枝叶间时，声音淅淅沥沥，忽然间奔腾澎湃，就像夜晚响起了波涛撞击声，而风雨也突然降临。风雨碰到物体，发出金属撞击的声音，如同金甲铁衣碰撞；又像奔袭敌人的军队，口衔短枚快跑，没有号令声，只听见人马行进。

我问我的书童说："这是什么声音？你出去看看。"书童说："星光月光很亮，银河悬在天空，四周没有人声，奇怪的声音来自树枝之间。"

我说："啊呀，悲伤啊！这是秋声，可它为什么来到人间呢？秋天的情状，大概是这样的：颜色惨淡，烟飞云收；形貌清新明净，天空高远而阳光灿烂；秋气凛冽，刺人肌骨；秋意凋零，山水静寂空旷。所以秋声凄凄切切，呼号发怒。夏天繁密的绿草蓬勃生长，可接触到它就会变色；茂盛的良木惹人喜爱，碰到它就会落叶。它之所以能这样，是因为秋气的余威。

"秋天，是掌管刑罚的官，在季节上属阴；又是用兵的象征，在五行中属金。秋、冬为天地的义气，常常怀着严酷杀伐的本心。自然对于万物，就是让它们春天萌生而秋天结果实。所以秋天在音乐中是商声，商声是代表西方的乐调，夷则是和七月相配的音律。商音是悲伤的声音，万物衰老了就会让人悲伤；夷就是杀戮的意思，草木过于茂盛就会衰亡。

"唉！草木无感情，都免不了凋零，而人作为万物中最有灵性的，种种忧愁触及他的心灵，种种事情劳累他的身体，心中有所触动，一定会损伤他的精神。何况人会思索他力所不及的事情，忧愁那些智力不能解决的问题，这就必然使他红润的容貌变得如同枯木，乌黑的头发变得斑白。为什么要用并非金石的身躯，去和草木争一时的荣盛呢？应想想自己究竟为谁摧残，又怎能去怨恨那并不相关的秋声呢？"

书童没有回答，已垂着头睡去。我只听见四周墙下唧唧的虫声，好像在附和着我的叹息。

珍爱自己的亲人，不要等到失去时才懂得珍惜！

人最大的错误就是把最好的脾气给了别人，把最坏的脾气给了家人。

没有什么比家更温暖，比亲情更珍贵，因为只有家才是最温暖的地方，只有家才是你遮风避雨的地方。

祭十二郎文

[唐] 韩愈

　　年月日，季父愈闻汝丧之七日，乃能衔哀致诚，使建中远具时羞之奠，告汝十二郎之灵。

　　呜呼！吾少孤，及长，不省所怙[1]，惟兄嫂是依。中年，兄殁南方，吾与汝俱幼，从嫂归葬河阳。既又与汝就食江南，零丁孤苦，未尝一日相离也。吾上有三兄，皆不幸早世。承先人后者，在孙惟汝，在子惟吾，两世一身，形单影只。嫂尝抚汝指吾而言曰："韩氏两世，惟此而已！"汝时尤小，当不复记忆。吾时虽能记忆，亦未知其言之悲也！

1　省：知道。所怙（hù）：依靠谁。

　　吾年十九，始来京城。其后四年，而归视汝。又四年，吾往河阳省坟墓，遇汝从嫂丧来葬。又二年，吾佐董丞相于汴州，汝来省吾，止一岁，请归取其孥[1]。明年，丞相薨[2]，吾去汴州，汝不果来。是年，吾佐戎徐州，使取汝者始行，吾又罢去，汝又不果来。

　　吾念汝从于东，东亦客也，不可以久；图久远者，莫如西归，将成家而致汝。呜呼！孰谓汝遽去吾而殁乎？吾与汝俱少年，以为虽暂相别，终当久相与处，故舍汝而旅食京师，以求斗斛[3]之禄。诚知其如此，虽万乘[4]之公相，吾不以一日辍汝而就也！

　　去年，孟东野往，吾书与汝曰："吾年未四十，而视茫茫，而发苍苍，而齿牙动摇。念诸父与诸兄，皆康强而早世，如吾

1　孥（nú）：妻和儿女的通称。

2　薨（hōng）：周朝诸侯死亡叫薨，唐朝高级官员死亡也叫薨。贞元十五年（799年）二月，董晋死于汴州任所，韩愈随丧西行。离开后第四天，汴州发生兵变。

3　斛（hú）：古时十斗为斛，后以五斗为斛。

4　万乘（shèng）：车马众多。

之衰者，其能久存乎？吾不可去，汝不肯来，恐旦暮死，而汝抱无涯之戚也。"孰谓少者殁而长者存，强者夭而病者全乎？

呜呼！其信然邪，其梦邪，其传之非其真邪？信也，吾兄之盛德而夭其嗣乎？汝之纯明而不克蒙其泽乎？少者强者而夭殁，长者衰者而存全乎？未可以为信也。梦也，传之非其真也，东野之书，耿兰之报，何为而在吾侧也？呜呼！其信然矣！吾兄之盛德而夭其嗣矣，汝之纯明宜业其家者，不克蒙其泽矣！所谓天者诚难测，而神者诚难明矣！所谓理者不可推，而寿者不可知矣！

虽然，吾自今年来，苍苍者或化而为白矣，动摇者或脱而落矣。毛血日益衰，志气日益微，几何不从汝而死也。死而有知，其几何离；其无知，悲不几时，而不悲者无穷期矣！汝之子始十岁，吾之子始五岁，少而强者不可保，如此孩提者，又可冀其成立邪。呜呼哀哉！呜呼哀哉！

汝去年书云："比得软脚病[1]，往往而剧。"吾曰："是疾也，

1　比（bì）：近来。软脚病：脚气病。

江南之人，常常有之。"未始以为忧也。呜呼！其竟以此而殒其生乎？抑别有疾而致斯乎？汝之书，六月十七日也。东野云，汝殁以六月二日；耿兰之报无月日。盖东野之使者，不知问家人以月日；如耿兰之报，不知当言月日。东野与吾书，乃问使者，使者妄称以应之耳。其然乎？其不然乎？

今吾使建中祭汝，吊汝之孤与汝之乳母。彼有食可守以待终丧，则待终丧而取以来；如不能守以终丧，则遂取以来。其余奴婢，并令守汝丧。吾力能改葬，终葬汝于先人之兆，然后惟其所愿。

呜呼！汝病吾不知时，汝殁吾不知日，生不能相养以共居，殁不能抚汝以尽哀，敛不凭其棺，窆不临其穴。吾行负神明，而使汝夭，不孝不慈，而不得与汝相养以生，相守以死。一在天之涯，一在地之角，生而影不与吾形相依，死而魂不与吾梦相接，吾实为之，其又何尤！彼苍者天，曷其有极！自今以往，吾其无意于人世矣！当求数顷之田于伊、颍之上，以待余年。教吾子与汝子，幸其成；长吾女与汝女，待其嫁，如此而已。

　　呜呼！言有穷而情不可终，汝其知也邪，其不知也邪？呜呼哀哉！尚飨。

【译文】

　　某年某月某日，叔父韩愈我在你去世后的第七天，才能含着悲痛向你表达心意。我还让远方的建中置办了时鲜美味的祭品，告慰十二郎你的亡灵。

　　唉！我从小失去父亲，等到长大了也不知道父亲的样子，只能靠着哥哥嫂嫂生活。没想到哥哥正值中年时却在南方去世，那时我和你都还年幼，跟随着嫂嫂，送哥哥的灵柩回河阳安葬。随后和你一起到江南度日，孤苦伶仃，没有一天分离过。

　　我上面有三位哥哥，都不幸早逝了。继承已故上辈的后代，在孙子辈里只有你，在儿子辈里只有我，两代都仅剩下一个人，形影孤孤单单。

嫂嫂曾经一边摸着你的头一边指着我说："韩家两代，就只有你们两个人了！"那时你比我小，大概已不记得了。那时我虽能够记得这些事，却不知道嫂嫂话中的悲伤！

我十九岁时才初次来到京城，过了四年后才回家看到你。又过了四年，我往河阳拜谒先人坟墓，遇到你护送着我嫂嫂的灵柩来安葬。再过两年，我在汴州给董丞相做幕僚，你来看望我，只住了一年就要求回去接家眷来。没想到第二年董丞相去世了，我离开汴州，你终于没有来成。这年，我去徐州辅佐军务，刚派人去接你，我自己又被免职要离开徐州，你也没有来成。

我想，你如果跟着我在东边的汴州、徐州，也是作客他乡，不可能常住，从长远考虑，还不如我回老家，在那里安下家来再接你。谁知你竟突然匆匆离开我而去了呢？

当时我和你都还年轻，以为分别只是暂时的，终究会长久地住在一起，所以我离开你到京师去谋生，以便求得几斗几斛的俸禄。如果知道事情是如此发展，即使让我任公卿宰相，我也一天都不会丢下你而去上任的！

去年，孟郊要去江南，我写了一封信托他带给你说："我还不到四十岁，却已视力模糊，头发灰白而牙齿松动了。想到我的几位父辈和几位兄长都是在健康壮年时去世的，那么像我这样衰弱的身体，能活多久呢？我不能离开这儿，你又不肯来，只怕我早晚死了，你就要怀着无穷的悲哀了！"谁知年少的你去世了而年长的我还活着，强壮的早死而病弱的却反得保全呢？

天啊！这一切是真的吗？是做梦吧？是假消息吧？如果是真的，为什么我哥哥有那样美好的品德而老天要使他的儿子早死呢？为什么纯朴聪明的你却不能受到他的恩泽呢？年少的身强的反而早死，年长的身弱的反而得到保全？实在难以相信这竟是真实发生的事，所以是梦吧？是假消息吧？但是孟郊的信、耿兰的报丧书，却又为何在我身边？

天啊！这是真的，我哥哥品德美好而他的儿子早死了，纯朴聪明的你应当继承他的家产，竟不能蒙受他的遗惠了！这就是所谓的天公难测、神灵难明呀！这就是所谓的事理难推、寿命不可预料呀！

尽管如此，我今年以来，灰白的头发有的全白了，松动的牙齿有的掉了下来。体质一天比一天衰弱，精神一天不如一天，要不了多久我就会跟随你而去了！如果死后知觉仍然存在，那我们分离的日子不会久了！如果不存在，那我也不用悲伤多久了，没有悲伤的日子将是无穷无尽的啊！

你的儿子现在才十岁，我的儿子刚满五岁，既然年轻的壮盛的人都不能保全，那像这么大的孩子，又怎么能盼望他们平安长大呢？唉，真悲哀啊！

你去年来信说："最近得了脚气病，时常发作，还很厉害。"我说："这种病是江南的人常有的。"并不把它当作一回事。天啊！难道你是因为它而去世的吗？还是另有其他疾病而发展到这地步呢？

你的信，是六月十七日写的；孟郊说你是六月二日去世的；耿兰的报丧书没有写你去世的日期。大概孟郊的使者没有向你家人询问你去世的日期，而耿兰呢，不知道报丧应该说明日期。有可能是孟郊给我写信的时候才问了使者日期，而使者随便说个日期出来应付他罢了。是这样的吗？不是这样的吗？

现在我让建中来祭奠你，慰问你的孤儿和你的奶妈。他们的钱可以支撑到守丧完结，那就等到丧期完结再接他们到我这里来；如果不能，那我就把他们立刻接过来，而其他奴婢就继续守你的丧。如果我能给你迁葬，一定会把你葬到河阳祖先墓地的，此后这些奴婢是去是留任他们自愿。

唉！你生病我不知道时间，你去世我也不知道日期，活着我不能和你一起生活、相互照顾，去世了我也不能抚摸你以尽哀思；入殓时我没在旁边，落葬时我也不在。我的行为对不起神明，因而使得你早死；我不慈不孝，因而不能和你一起生活直到死。一个在天涯，一个在地角，活着的时候你不能和我在一起，死后我们也不能梦中相会，这是我造成的，能怪谁呢？

那苍苍的上天啊，我的悲痛哪里有尽头呢！从今以后，我对

人世间的事情再也没有什么心思去考虑了。我将在伊水、颍水之畔买几顷田地，来度过我的晚年。教育我的儿子和你的儿子，期望他们成长；养育我的女儿和你的女儿，等到她们出嫁，就是这样罢了！

唉！言语有说完的时候而哀伤之情绵绵无有终绝，你是知道呢，还是不知道呢？唉，真悲哀啊！希望你享用祭品吧。

辑三　当时年少春衫薄

以前，一个人生活、一个人办事，从未感觉到孤单，甚至在某些时候有了『自己可能不需要爱情』的想法。

只是那年南风正好，遇见了你。

闺房记乐[1]

[清] 沈复

一

芸作新妇，初甚缄默，终日无怒容，与之言，微笑而已。事上以敬，处下以和，井井然未尝稍失。每见朝暾上窗，即披衣急起，如有人呼促者然。

余笑曰："今非吃粥比矣，何尚畏人嘲耶？"芸曰："曩之藏粥待君，传为话柄，今非畏嘲，恐堂上道新娘懒惰耳。"余虽恋其卧而德其正，因亦随之早起。自此耳鬓相磨，亲同形

---

[1] 节选自《浮生六记·闺房记乐》。《浮生六记》是清朝江苏长洲（今江苏苏州）人沈复的自传体散文集，记叙了夫妻二人平凡的家居生活和浪游各地的见闻，以及坎坷遭遇，文字清新真率，无雕琢藻饰。

影，爱恋之情有不可以言语形容者。

【译文】

　　芸娘刚嫁给我时沉默寡言，一整天也不会动气，跟她说话只是微笑而已。她侍奉长辈，尊敬长辈，对待下人很温和，做事井井有条，并无缺失。每天看到阳光照在窗户上就披衣急起，好像有人在喊着催促她一样。

　　我笑着说："现在又不是当日吃粥时的情况，怎么还急匆匆怕人嘲笑呢？"芸娘说："以前藏粥招待你，传为话柄。不过如今并不是怕被嘲笑，而是怕公婆说新媳妇懒惰罢了。"我虽贪恋卧榻，却敬佩她行为端正，于是和她一并早起。从此我们耳鬓厮磨，形影不离，爱恋之情无法用语言形容。

二

时当六月，内室炎蒸，幸居沧浪亭爱莲居西间壁，板桥内一轩临流，名曰"我取"，取"清斯濯缨，浊斯濯足"意也。檐前老树一株，浓阴覆窗，人面俱绿。隔岸游人往来不绝。此吾父稼夫公垂帘宴客处也。禀命吾母，携芸消夏于此。因暑罢绣，终日伴余课书论古、品月评花而已。芸不善饮，强之可三杯，教以射覆为令。自以为人间之乐，无过于此矣。

一日，芸问曰："各种古文，宗何为是？"

余曰："《国策》《南华》取其灵快，匡衡、刘向取其雅健，史迁、班固取其博大，昌黎取其浑，柳州取其峭，庐陵取其宕，三苏取其辩，他若贾、董策对，庾、徐骈体，陆贽奏议，取资者不能尽举，在人之慧心领会耳。"

芸曰："古文全在识高气雄，女子学之恐难入彀[1]，唯诗之一道，妾稍有领悟耳。"

---

1 入彀（gòu）：达到一定的水准。彀，张满弓。

余曰："唐以诗取士，而诗之宗匠必推李、杜，卿爱宗何人？"

芸发议曰："杜诗锤炼精纯，李诗潇洒落拓。与其学杜之森严，不如学李之活泼。"

余曰："工部为诗家之大成，学者多宗之，卿独取李，何也？"

芸曰："格律谨严，词旨老当，诚杜所独擅。但李诗宛如姑射仙子[1]，有一种落花流水之趣，令人可爱。非杜亚于李，不过妾之私心宗杜心浅，爱李心深。"

余笑曰："初不料陈淑珍乃李青莲知己。"

芸笑曰："妾尚有启蒙师白乐天先生，时感于怀，未尝稍释。"

1　姑射（gūyè）仙子：传说中的神仙，出自《庄子·逍遥游》。相传其居于藐姑射之山，肌肤若冰雪，绰约若处子。后用以比喻女子的美貌。

余曰："何谓也？"

芸曰："彼非作《琵琶行》者耶？"

余笑曰："异哉！李太白是知己，白乐天是启蒙师，余适字'三白'，为卿婿，卿与'白'字何其有缘耶？"

芸笑曰："'白'字有缘，将来恐白字连篇耳（吴音呼别字为白字）。"相与大笑。

余曰："卿既知诗，亦当知赋之弃取。"

芸曰："《楚辞》为赋之祖，妾学浅费解。就汉、晋人中调高语炼，似觉相如为最。"

余戏曰："当日文君之从长卿，或不在琴而在此乎？"复相与大笑而罢。

【译文】

当时是六月，屋里热得像蒸笼，幸好我和妻子芸娘住在沧浪亭爱莲居西间的隔壁。板桥院有一座临水而建的小轩，轩名叫作"我取"，取"清斯濯缨，浊斯濯足"的意思。屋前有一棵老树，树荫浓密得能盖住窗户，把人脸也映成绿色。对岸游人往来不绝。

此处是我父亲款待宾客的地方。我禀告母亲后，便带着芸娘来这儿消夏。芸娘因为天太热而放下了刺绣活，每天和我一起读书论古，赏月赏花。芸娘不善喝酒，勉勉强强可喝三杯，我便教她玩射覆的游戏。当时我以为人间之乐，没有比这更美好的了。

某一天，芸娘问我："各种古文，该推崇哪一家呢？"

我说："《战国策》《南华经》胜在灵动明快，匡衡、刘向胜在高雅雄健，司马迁、班固胜在博大精深，韩愈胜在浑厚渊博，柳宗元胜在奇峭，欧阳修胜在飘逸不羁，苏洵、苏轼、苏辙胜在言辞犀利。其他可以学习的有贾谊、董仲舒的对策文，庾信、徐陵的骈文，陆贽的奏议。可供学习的文章有很多，关键靠个人的慧心去领会了。"

芸娘说："写古文全在见识高超而意气风发，女子学习恐怕难以入门。唯有诗歌这一门，我稍微有些领悟！"

我说："唐朝用诗来选拔人才，而诗人中写得最好的一定是李白、杜甫，你喜欢效法谁呢？"

芸娘议论说："杜甫的诗善锤炼且精纯，李白的诗潇洒落拓，与其学格律严谨的杜诗，不如学活泼洒脱的李诗。"

我说："杜甫是诗家之集大成者，后人写诗多效仿他，你偏偏效法李白，为什么呢？"

芸娘答道："格律严谨、词旨老练，的确是杜诗擅长的，但是李白的诗宛如姑射山上的仙子，有落花流水之韵味，令人喜

爱。并非杜甫不如李白，只不过是我不愿效法杜甫而私心崇拜李
白罢了。"

我笑着说："以前还真不知道姓陈字淑珍的芸娘是李青莲的
知己呢！"芸娘也笑了，说："我的启蒙老师还是白居易呢！我
经常在心中感念他，从不敢稍稍忘记。"

我问："这话怎么说？"

芸娘说："他不是《琵琶行》的作者吗？"

我笑着说："奇怪！李太白是你的知己，白乐天是你的启蒙
老师，我字'三白'，是你的丈夫，你与'白'字很有缘啊！"

芸娘也笑着说："与'白'字有缘，恐怕以后白字连篇呢
（吴音把别字叫作白字）。"说完，我们看着对方大笑起来。

我说："你既然知道诗，那么应该知道赋的可弃可取之处吧。"

芸娘说："《楚辞》为赋的祖先，我学识浅薄，难以理解。汉、晋两代的赋，若论格调高雅、语言精练，觉得司马相如最好。"

我戏耍芸娘说："当初卓文君之所以嫁给司马相如，或许不是因为那一曲《凤求凰》，而是因为他的赋呢？"说完我们又相视大笑。

三

余性爽直，落拓不羁；芸若腐儒，迂拘多礼。偶为披衣整袖，必连声道"得罪"；或递巾授扇，必起身来接。

余始厌之，曰："卿欲以礼缚我耶？语曰：'礼多必诈'。"芸两颊发赤，曰："恭而有礼，何反言诈？"余曰："恭敬在心，不在虚文。"芸曰："至亲莫如父母，可内敬在心而外肆狂放耶？"余曰："前言戏之耳。"芸曰："世间反目，多由戏起，后勿冤妾，令人郁死。"余乃挽之入怀，抚慰之，始解颜为笑。自此"岂敢""得罪"竟成语助词矣。

⋯⋯⋯⋯⋯⋯

中秋日，余病初愈。以芸半年新妇，未尝一至间壁之沧浪亭，先令老仆约守者勿放闲人。于将晚时，偕芸及余幼妹，一妪一婢扶焉，老仆前导，过石桥，进门折东，曲径而入。叠石成山，林木葱翠。亭在土山之巅，循级至亭心，周遭极目可数里，炊烟四起，晚霞烂然。隔岸名"近山林"，为大宪行台宴集之地，时正谊书院犹未启也。携一毯设亭中，席地环坐，守者烹茶以进。

少焉，一轮明月已上林梢，渐觉风生袖底，月到波心，俗虑尘怀，爽然顿释。芸曰："今日之游乐矣！若驾一叶扁舟，往来亭下，不更快哉！"

时已上灯，忆及七月十五夜之惊，相扶下亭而归。吴俗，妇女是晚不拘大家小户皆出，结队而游，名曰"走月亮"。沧浪亭幽雅清旷，反无一人至者。

【译文】

我的性格素来直爽，行为放荡不羁，而芸娘则像个老学究，迂腐拘谨还多礼。我偶尔为她披衣服整理袖子，她必一迭声地说"得罪"二字，有时给她递手巾扇子，非要站起来接。

一开始的时候我很讨厌这样，对她说："你是要用礼节来束缚我吗？俗话说：'礼多必诈。'"芸娘红着脸反问："对你恭敬有礼貌，为什么反说我欺诈？”我解释："恭敬不恭敬在心，不在这些表面功夫。"

芸娘说："世上最亲近的人莫如父母，难道对他们可以恭敬在心而行为放肆吗？"我说："我开玩笑呢！"芸娘说："世上反目成仇的事大多由玩笑话引起，你以后可别随便冤枉我，让我委屈而死。"我将芸娘搂在怀里安慰，她这才露出笑容。从此以后，"岂敢""得罪"成了我们说话时的语助词了。

…………

中秋节那天，我大病一场刚刚好，想到芸娘嫁给我有半年了却没有去过隔壁的沧浪亭，所以叫老仆跟守亭的人说好不准放闲人进去。

傍晚时分，我带着芸娘、小妹过去，让一个老妇人和一个丫鬟搀着她俩。老仆在前面带路，过了石桥，进门后向东拐，沿着弯弯曲曲的小路向前走。园子里石头堆砌成假山，树木葱绿苍翠。

　　沧浪亭在土山顶上，我们顺着台阶来到亭子，向四周远眺，可以看见数里远的风景。这时候，只见炊烟四起，晚霞灿烂。亭子的对岸叫作"近山林"，是巡抚出巡时宴请宾客的地方。这个时候，正谊书院还没有开门。我们将带来的毯子铺在亭子中央，大家席地坐成一圈，守亭人为我们烹茶倒水。

　　不一会儿，一轮明月爬上树梢，人渐感到有凉风吹进衣袖，月亮倒映在水波中，看到此景，顿觉凡尘的忧虑一扫而光。芸娘说："今天游玩得真快乐！如果摇着一叶小舟，在亭下的河中往来，感觉会更好一点！"

　　天黑得到了掌灯的地步，想到七月十五日晚上受到的惊吓，我们相互搀扶着回去了。吴地风俗，中秋节这晚，不论大家还是小户的妇女都可结队游玩，叫作"走月亮"。沧浪亭幽雅清静，反倒没有一人来玩。

世界上最浪漫的事，就是有人陪你一起疯，一起笑。一起在大雨中慢慢走，一起在热闹的街上大喊，喝酒喝到微醺，在人头攒动的公园躺下看云、吹风……

闲情记趣[1]

[清] 沈复

苏城有南园、北园二处，菜花黄时，苦无酒家小饮。携盒而往，对花冷饮，殊无意味。或议就近觅饮者，或议看花归饮者，终不如对花热饮为快。众议未定，芸笑曰："明日但各出杖头钱，我自担炉火来。"众笑曰："诺。"

众去，余问曰："卿果自往乎？"芸曰："非也，妾见市中卖馄饨者，其担锅、灶无不备，盍雇之而往？妾先烹调端整，到彼处再一下锅，茶酒两便。"余曰："酒菜固便矣，茶乏烹具。"芸曰："携一砂罐去，以铁叉串罐柄，去其锅，悬于行灶中，加柴火煎茶，不亦便乎？"余鼓掌称善。街头有鲍姓者，卖馄饨为业，以百钱雇其担，约以明日午后，鲍欣然允议。

明日，看花者至，余告以故，众咸叹服。饭后同往，并带席垫。至南园，择柳阴下团坐。先烹茗，饮毕，然后暖酒烹肴。是时，风和日丽，遍地黄金，青衫红袖，越阡度陌，蝶蜂乱飞，令人不饮自醉。既而酒肴俱熟，坐地大嚼，担者颇不俗，拉与同饮。游人见之，莫不羡为奇想。

杯盘狼藉，各已陶然，或坐或卧，或歌或啸。红日将颓，余思粥，担者即为买米煮之，果腹而归。芸问曰："今日之游乐乎？"众曰："非夫人之力不及此。"大笑而散。

…………

夏月荷花初开时，晚含而晓放。芸用小纱囊撮茶叶少许，置花心，明早取出，烹天泉水泡之，香韵尤绝。

【译文】

苏州有南园、北园两个好去处。油菜花黄的时节，我懊恼哪儿都没有可以喝喝小酒的酒家。如果带着食盒去，对着花喝冷酒，那一点儿意思都没有。有人说不如就近找地方喝酒，有人说可以看完花再回来喝酒，可一想终不如对着花喝热酒痛快。

大家商量着却没有拿出办法，芸娘笑着说："明日你们只管带好份子钱，我自己担着炉火来。"大家笑着说："好。"

众人走后，我问芸娘："明天你真的要自己担炉火去？"芸娘说："当然不是。我看见集市上那卖馄饨的，担子里锅、灶齐备，何不雇了他去？我在家先把菜肴烧好，等明日到了地方，到时候一下锅，茶酒不就都齐全了。"

我道："酒菜倒是没问题了，却没有烹茶的器具。"芸娘说："带一个砂罐去，烹茶时用铁叉穿着砂罐柄手，去了炉灶上的馄饨汤锅，把砂罐悬在炉灶上，加柴火煎茶，不是很方便吗？"我鼓着掌叫好。街上有位姓鲍的，卖馄饨谋生，我们出了一百钱雇了他的馄饨担子，约好第二天午后出发，鲍欣然答应。

第二天看花的好朋友到了，我把来龙去脉跟他们一说，他们全都叹服。吃完饭后我们出发，并带了席子和垫子一同前往南园，选了处有柳荫的地方团团围坐。先把茶烹起来，饮完茶，再暖酒热菜。

当时风和日丽，遍地金黄的油菜花，俊男美女在田野间来来往往，蝶蜂乱飞，让人不饮自醉。等到酒、菜都烫热，大家坐在地上放怀大嚼。挑担子的鲍姓人颇不俗气，于是我们拉了他一起喝酒。游人看见我们这般，无不称赞想法奇妙。

吃完喝完，杯盘狼藉，大家已经陶醉了，有的坐有的躺，有的唱歌有的长啸。等到红日将要西坠的时候，我想吃碗粥，鲍姓人就去买了米来煮，吃饱了肚子我们才回家去。芸娘问大家："今天游玩得开心吗？"大家都说："若不是夫人，不能玩得这么尽兴。"大家欢笑而散。

…………

　　夏天荷花刚开的时候，晚上闭合白日盛开。芸娘用小纱囊装茶叶少许放在花心，第二天早晨取出，烹了雨水来泡茶，花香茶韵尤其绝妙。

146

爱是责任。

两个人在一起，没有合不合适，只有愿不愿意，各自担起责任，相濡以沫地朝着前方行进。

喜欢可以简单到只有一句话，爱却不是随便说说的。

我不会离开你，更不会丢下你，因为我爱你。

坎坷记愁[1]

[清] 沈复

至明年壬戌八月，接芸书曰："病体全瘳[2]，惟寄食于非亲非友之家，终觉非久长之策，愿亦来邗[3]，一睹平山之胜。"余乃赁屋于邗江先春门外，临河两椽，自至华氏接芸同行。华夫人赠一小奚奴曰阿双，帮司炊爨[4]，并订他年结邻之约。

时已十月，平山凄冷，期以春游。满望散心调摄，徐图骨肉重圆。不满月，而贡局司事忽裁十有五人，余系友中之友，

1　本篇节选自沈复《浮生六记·坎坷记愁》。

2　瘳（chōu）：病愈。

3　邗（hán）：古国名，在今江苏扬州东北。春秋时为吴所灭。

4　炊爨（cuàn）：烧火煮饭。

遂亦散闲。芸始犹百计代余筹画，强颜慰藉，未尝稍涉怨尤。

至癸亥仲春，血疾大发。余欲再至靖江，作将伯之呼[1]，芸曰："求亲不如求友。"余曰："此言虽是，亲友虽关切，现皆闲处，自顾不遑。"芸曰："幸天时已暖，前途可无阻雪之虑，愿君速去速回，勿以病人为念。君或体有不安，妾罪更重矣。"

时已薪水不继，余佯为雇骡以安其心，实则囊饼徒步，且食且行。

…………

越三日，乃以回靖告，共挪二十五金。

雇骡急返，芸正形容惨变，咻咻涕泣。见余归，卒然曰："君知昨午阿双卷逃乎？倩人大索，今犹不得。失物小事，人系伊母临行再三交托，今若逃归，中有大江之阻，已觉堪虞，

1　将（qiāng）伯之呼：向人求助。典出《诗经·小雅·正月》："将伯助予。"将，请。伯，长者。

倘其父母匿子图诈，将奈之何？且有何颜见我盟姊？"

余曰："请勿急，卿虑过深矣。匿子图诈，诈其富有也，我夫妇两肩担一口耳。况携来半载，授衣分食，从未稍加扑责，邻里咸知。此实小奴丧良，乘危窃逃。华家盟姊赠以匪人，彼无颜见卿，卿何反谓无颜见彼耶？今当一面呈县立案，以杜后患可也。"

芸闻余言，意似稍释。然自此梦中呓语，时呼"阿双逃矣"，或呼"憨何负我"，病势日以增矣。

余欲延医诊治，芸阻曰："妾病始因弟亡母丧，悲痛过甚，继为情感，后由忿激，而平素又多过虑，满望努力做一好媳妇而不能得，以至头眩、怔忡诸症毕备，所谓病入膏肓，良医束手，请勿为无益之费。忆妾唱随二十三年，蒙君错爱，百凡体恤，不以顽劣见弃。知己如君，得婿如此，妾已此生无憾！若布衣暖，菜饭饱，一室雍雍[1]，优游泉石，如沧浪亭、萧爽楼之

1 雍雍：和睦的样子。

处境，真成烟火神仙矣。神仙几世才能修到，我辈何人，敢望神仙耶？强而求之，致干造物之忌，即有情魔之扰。总因君太多情，妾生薄命耳！"

因又呜咽而言曰："人生百年，终归一死。今中道相离，忽焉长别，不能终奉箕帚，目睹逢森娶妇，此心实觉耿耿。"言已，泪落如豆。余勉强慰之曰："卿病八年，恹恹欲绝者屡矣，今何忽作断肠语耶？"芸曰："连日梦我父母放舟来接，闭目即飘然上下，如行云雾中，殆魂离而躯壳存乎？"余曰："此神不收舍，服以补剂，静心调养，自能安痊。"

芸又唏嘘曰："妾若稍有生机一线，断不敢惊君听闻。今冥路已近，苟再不言，言无日矣。君之不得亲心，流离颠沛，皆由妾故，妾死则亲心自可挽回，君亦可免牵挂。堂上春秋高矣，妾死，君宜早归。如无力携妾骸骨归，不妨暂厝于此，待君将来可耳。愿君另续德容兼备者，以奉双亲，抚我遗子，妾亦瞑目矣！"言至此，痛肠欲裂，不觉惨然大恸。

余曰："卿果中道相舍，断无再续之理，况'曾经沧海难为水，除却巫山不是云'耳。"

　　芸乃执余手而更欲有言，仅断续叠言"来世"二字，忽发喘，口噤[1]，两目瞪视，千呼万唤已不能言。痛泪两行，涔涔流溢。既而喘渐微，泪渐干，一灵缥缈，竟尔长逝！时嘉庆癸亥[2]三月三十日也。

　　当是时，孤灯一盏，举目无亲，两手空拳，寸心欲碎。绵绵此恨，曷其有极！承吾友胡省堂以十金为助，余尽室中所有，变卖一空，亲为成殓。

【译文】

　　到了第二年（1802年）八月，我接到芸娘的信，说："我的病已经好了，只是住在非亲非友的华家，总不是长久之计。我想来扬州，看看平山的风景名胜。"于是我在先春门外租了两间正

1　噤（jìn）：闭口，不作声。

2　嘉庆癸亥：嘉庆八年，即1803年。

对着河的房子，然后去华家将芸娘接了过来。华夫人送了我们一个叫阿双的小奴仆照顾饮食起居，并且我们还约定来年做邻居。

回到扬州时已是十月份了，平山看起来一片凄凉寒冷，我们期待第二年开春再来游玩。我本来想着芸娘来扬州能散散心、调养身体，之后再慢慢计划与儿女团聚。可谁想到还不满一个月，贡局忽然宣布裁员十五人，我因为是朋友的朋友，就被裁掉了。于是芸娘千方百计地为我筹划，强颜欢笑安慰我，没有一丝埋怨。

到嘉庆八年（1803年）的仲春，芸娘血疾大发。我想再到靖江去找姐夫范惠来帮忙，芸娘说："求亲戚帮忙不如求朋友。"我说："话虽这样说，但眼下我的好友大多也没有工作，自顾不暇。"芸娘便说："好吧。幸好天气已经变暖，去靖江不必担心下雪，你早去早回，别担心我的病。如果你把自己身体弄垮了，我的罪孽就更重了！"

当时我的薪水已经不发了，但我假装雇了头骡子上路以便让芸娘安心，实际上我是背着干烧饼走过去的，一路上边走边吃。

…………

过了三天，范惠来派人来告诉我他回到了靖江，共凑了二十五两银子给我。

我雇了头骡子匆忙赶回家，发现芸娘整个人憔悴了许多，还不停地边喘气边哭。见我回来，她突然急急地说："你可知道昨天下午阿双卷了财产跑了？我请人到处搜寻，到现在也没有找到。东西丢了是小事，这人却是他母亲临走时再三托付给我照看的，现在他若想逃回家，中途一定要经过大江，就怕发生意外。倘若他父母把阿双藏起来敲诈我们，我们怎么办？我哪有脸面再见华家姐姐啊？"

我说："你先别急啊，你想得太多了。敲诈人也要找个富裕人家敲诈，我们夫妻两个肩膀扛着一张嘴——一贫如洗，他们敲诈什么？何况阿双在我们身边半年，供他吃供他穿，从没有打骂过他，这些邻居们也都知道。这事说到底是阿双丧尽天良，是他趁我们处境艰难偷家财偷偷逃跑的。至于华家姐姐，送了这么个盗匪给我们，是她没有脸面见你，你怎么反说自己没有脸面再见她呢？我们现在把这件事报告县衙，后面的麻烦就可避免了。"

芸娘听了我的话，稍稍释然。但自此之后，她常说梦话，常常是呼叫"阿双逃跑了"，或"憨园[1]为何辜负我"，病情愈发严重。

我想为芸娘请医生，芸娘阻止我说："我的病一开始是母亲去世、弟弟离家出走，悲伤过度导致的。接着是因为感情受到欺骗，心里有气。而我平时又思虑过重，满心想做个好媳妇而终究没有实现，因此患上了头晕、心悸等病。我已经病入膏肓，再好的医生也没用，就不要浪费钱了。

"回想我嫁给你二十三年，承蒙错爱，你百般体恤我，没有因为我的顽劣而不要我。有一个像你这样的知己、这样的夫君，我这辈子没有什么可遗憾的了。过去我们一家吃饱穿暖，夫妻恩

1　芸娘想替沈复纳妾，几番物色后相中一个叫憨园的姑娘。芸娘用感情拉拢憨园，情同姐妹，而沈复早就看透憨园"非金屋不能贮"，果然，之后憨园嫁给了富人。芸娘认为憨园薄情，气得生了病。

爱和睦，悠游山水之间，如沧浪亭、萧爽楼的那段日子，真像神仙过的日子！而神仙要修炼几世才能成为神仙，我们这些人，怎么敢奢望一直做神仙？强求那种生活，上天是不允许的，使得我们为情所困。说到底，这都是因为你太多情，而我命薄罢了。"

接着，芸娘哽咽着又说："人生百年，终有一死。如今我中途离你而去，忽然就此永别，不能帮你操持家务，侍奉你终生，也看不到儿子逢森娶媳妇，心里实在耿耿于怀。"说完，眼泪如豆子大颗大颗落下来。

我勉强安慰她说："你病了八年，情况危急的时候有过几次，为什么偏偏今天说起这些让人断肠的伤心话来？"芸娘说："我连续几天梦见父母派船来接我，闭上眼睛便感觉身体忽上忽下的，好像在云雾中行走，大概是魂魄已经离开身体了吧？"我说："你这是魂不守舍，只要服用补药，静心调养一段时间就能好的。"

芸娘又抽泣着说："我要是还有一线生机，绝不会说些惊吓你的话。如今我时日无多，再不说恐怕没机会说了。你得不到父

母双亲的欢心，在外颠沛流离，都是我造成的。我死之后，公公
婆婆的心自然可挽回，你也不必牵肠挂肚了。

"父母年岁已高，我死了以后，你更应该尽快回去孝敬他们。
如果不能把我的遗骨带回家乡，不妨先停枢待葬或浅埋在这里，
等待将来有条件了再另作安排。我希望你另找一个德貌兼备的女
子，以孝敬父母，抚养我们的孩子，这样我就瞑目了。"芸娘说
到这里，肝肠寸断，放声大哭起来。

我说："你果真要中途离我而去，我断然没有再娶的道理，
何况'曾经见过沧海之水，很难对其他的水感兴趣；见过巫山的
云，其他地方的云就不能称为云'。"

芸拉着我的手，似乎还有话交代，但只能断断续续重复说
"来世"二字。突然，她大口喘气，说不出话来，瞪大两只眼
睛，任凭我怎么呼唤也不回答我。她悲痛地流下两行眼泪，大汗
淋漓，接着喘气的声音渐渐减弱，眼泪也渐渐干了，香魂虚无缥
缈，竟然去了！时间是嘉庆八年（1803年）三月三十日。

当时，房子里只有孤灯一盏，我举目无亲，两手空空，心痛欲裂。痛苦绵绵不绝，没有尽头。承蒙好友胡省堂资助的十两银子，我再将家中所有能变卖的都变卖一空，亲自为芸娘穿衣入棺。

卿卿

浓阴覆窗，人面俱绿。

——《闺房记乐》

风生袖底，月到波心。

——《闺房记乐》

夏月荷花初开时，晚含而晓放。芸用小纱囊撮茶叶少许，置花心，明早取出，烹天泉水泡之，香韵尤绝。

——《闲情记趣》

若布衣暖，菜饭饱，一室雍雍，优游泉石，如沧浪亭、萧爽楼之处境，真成烟火神仙矣。

——《坎坷记愁》

当是时，孤灯一盏，举目无亲，两手空拳，寸心欲碎。绵绵此恨，曷其有极！

——《坎坷记愁》

人生百年，梦寐居半，愁病居半，襁褓垂老之日又居半，所仅存者，十一二耳。

——《初见亦惊欢》

是谁多事种芭蕉？早也潇潇，晚也潇潇。
是君心绪太无聊。种了芭蕉，又怨芭蕉。

——《闲时与你立黄昏》

秋芙思饮，瓦锦温暾，已无余火。欲呼小鬟，皆蒙头户间，为趾离召去久矣。余分案上灯置茶灶间，温莲子汤一瓯饮之。

——《灶前笑问粥可温》

像前世就遇见，今生才看见笑。

一切只不过是我入了你的眼，你被我从眼里看到心底而已。

原来我喜欢你呀，从第一眼就喜欢你。

初见亦惊欢[1]

[清] 蒋坦

一

道光癸卯闰秋，秋芙来归。漏三下，臧获[2]皆寝。秋芙绾堕马髻，衣红绡之衣，灯莲影中，欢笑弥畅，历言小年嬉戏之事。

渐及诗词，余苦木舌拙不能下，因忆昔年有传闻其《初冬》诗云"雪压层檐重，风欺半臂单"，余初疑为阿翘假托，至是始信。

1　节选自《秋灯琐忆》，其为清代浙江钱塘人蒋坦回忆与爱妻关瑛（秋芙）生活琐事的散文，文辞极美，叙事传情，催人泪下。标题为编者加。

2　臧（zāng）获：指仆人。

于时桂帐虫飞，倦不成寐，盆中素馨，香气溢然，流袭枕簟。秋芙请联句，以观余才，余亦欲试秋芙之诗，遂欣然诺之。

余首赋云："翠被鸳鸯夜。"秋芙续云："红云蛾𧑐[1]楼。花迎纱幔月。"余次续云："人觉枕函秋。"犹欲再续，而檐月暖斜，邻钟徐动，户外小鬟已喁喁来促晓妆矣。余乃阁笔而起。

【译文】

道光二十三年（1843年）的闰七月，秋芙嫁到我家。新婚那日凌晨三五点，婢女和仆人们都已睡下。秋芙绾了个堕马髻，穿一件红色的薄纱衣，在花烛摇曳的光影下和我畅谈我们小时候嬉笑玩闹的往事。

渐渐谈到了诗词，我舌僵嘴拙，谈不出什么新意。我想起以

---

1 蛾𧑐（zhímò）：蝙蝠。

前听人传诵的一首《初冬》诗，其中有"雪压层檐重，风欺半臂单"这么两句，起初疑为歌女假托秋芙之名所作，现在才相信秋芙的确能写出这样的诗。

此时，帐中蚊虫飞舞，我们感到困倦却不想睡。房内盆中养着素馨花，花香扑鼻，花香甚至沾染到枕席上。秋芙要和我对诗联句，以考察我的文才，我也想试试她在作诗方面的能力，于是欣然答应。

我率先出首句："翠被鸳鸯夜。"秋芙续诗，说："红云蟋蟀楼。花迎纱幔月。"我又续，说："人觉枕函秋。"还想继续出题，但见窗外屋檐角的月亮已昏暗西斜，邻家的晨钟缓缓敲响。门外的小丫鬟已经悄声低语地催促秋芙起来梳妆打扮了。我于是搁笔起床。

164

二

桃花为风雨所摧，零落池上。秋芙拾花瓣砌字，作《谒金门》词云："春过半，花命也如春短。一夜落红吹渐满，风狂春不管。""春"字未成，而东风骤来，飘散满地，秋芙怅然。余曰："此真个'风狂春不管'矣！"相与一笑而罢。

【译文】

桃花被风雨摧残，零落在水池中。秋芙捡拾花瓣摆成文字，填了一阕《谒金门》，词云："春过半，花命也如春短。一夜落红吹渐满，风狂春不管。"可惜最后一句的"春"字还没摆好，而东风突然吹来，把所有花瓣吹散了，飘落满地。

秋芙怅然若失，我说："这回可真是'风狂春不管'了！"两人相视一笑而罢。

三

　　秋月正佳，秋芙命雏鬟[1]负琴，放舟两湖荷芰之间。时余自西溪归，及门，秋芙先出，因买瓜皮迹之，相遇于苏堤第二桥下。

　　秋芙方鼓琴作《汉宫秋怨》曲，余为披襟而听。斯时四山沉烟，星月在水，琤玱[2]杂鸣，不知天风声、环珮声也。琴声未终，船唇已移近漪园南岸矣。因叩白云庵门，庵尼故相识也。坐次，采池中新莲，制羹以进。香色清冽，足沁肠腑，其视世味腥膻，何止薰莸之别。

　　回船至段家桥，登岸，施竹簟于地，坐话良久。闻城中尘嚣声，如蝇营营，殊聒人耳。桥上石柱，为去年题诗处，近为秕衣[3]剥蚀，无复字迹。欲重书之，苦无中书。其时星斗渐稀，湖气横白，听城头更鼓，已沉沉第四通矣，遂携琴剌船而去。

1　雏鬟：年轻丫鬟。

2　琤玱（chēngcōng）：形容玉器撞击声、水流声。

3　秕（pín）衣：青苔。

【译文】

秋夜的月亮正好，秋芙让小丫鬟背上琴，两人到西湖的荷花丛中泛舟去了。当时我从西溪回来，到家时秋芙已经先出门了，因此我雇了一艘瓜皮小船去追，在苏堤第二桥下遇上了。

秋芙正弹着《汉宫秋怨》琴曲，我为她披上衣襟，接着就听琴。这时候，四周的山峦笼罩在暮烟中，星星月亮倒映于水面，琤琳声杂乱响起，不知道是风声还是环佩声。琴还没有弹完，船头已靠近漪园南岸了。

于是下船去敲白云庵的门，庵里的尼姑是老相识了。她请我们坐下后，采摘水池中的新鲜莲子做了莲子羹招待我们。莲子羹色香清冽，沁人肺腑，和俗世间的腥膻味比起来，岂止是香与臭的区别。

回到船上，我们划船至段家桥，登岸后在地上放一张竹席，坐在上面闲聊了许久。我们听到城中的喧闹声，感觉像苍蝇在耳边"营营"聒噪一般。

　　我去年在段家桥的石柱上题过诗，到如今因为青苔斑驳，字迹不怎么看得见了。我想重新写上去，苦于没有随身携带笔墨。这时候，星斗渐渐稀疏，湖面泛起一层白雾，远处传来城头的更鼓声，沉沉的声音表示已是凌晨两点了，于是我们携琴驾船离开。

四

秋芙每谓余云："人生百年，梦寐居半，愁病居半，襁褓
垂老之日又居半，所仅存者，十一二耳。况我辈蒲柳之质，犹
未必百年者乎！庾兰成云：'一月欢娱，得四五六日。'想亦自
解语耳。"斯言信然。

【译文】

秋芙常常和我说："人活一百年，睡眠就占了一半，剩下的
忧愁疾病占了余下的一半，襁褓期和老年期又占了余下的一半，
算下来，仅剩十分之一二的好时光了吧。何况我们这种人身体本
来就不好，未必能活一百年！庾信说的'一月欢娱，得四五六
日'，大概是自我宽解的话吧。"我觉得她的话说得对。

五

　　余读《述异记》云："龙眠于渊，颔下之珠为虞人所得，龙觉而死。"不胜叹息。

　　秋芙从旁语曰："此龙之罪也。颔下有珠，则宜知宝；既不能宝而为人得，则唏嘘云雨，与虞人相持江湖之间，珠可还也。而以身殉之，龙则逝矣，而使珠落人手，永无还日，龙岂爱珠者哉？"余默然良久，曰："不意秋芙亦能作议论，大奇。"

【译文】

　　我读《述异记》，书上说："龙在深潭底下睡觉，下巴的宝珠被虞人偷走，龙睡醒后失落伤心而死。"我不禁为龙叹息。

　　秋芙在旁边说："这全怪龙自己吧。明知下巴有宝珠，就应该好好珍爱保护；既然不能保护好被人偷走，就应该呼风唤雨，与虞人在江湖之间打一架，把宝珠夺回来。而这个龙却用死来殉珠，既死了，珠又还在虞人手上，永远拿不到。它算得上真正爱珠吗？"我沉默了好一会儿，说："想不到秋芙也能发出这样一番议论，真是奇才。"

以后要在一个小县城安家，远离大城市的繁华。下班后一起去购物，然后携手漫步在热闹小街。渴了给你买奶茶，饿了一起吃路边摊，吹着晚风，畅聊未来。

闲时与你立黄昏[1]

[清] 蒋坦

一

夏夜苦热，秋芙约游理安[2]。甫出门，雷声殷殷，狂飙疾作，仆夫请回车，余以游兴方炽，强趣之行。

未及南屏，而黑云四垂，山川暝合。俄见白光如练，出独秀峰顶，经天丈余，雨下如注，乃止大松树下。雨霁更行，觉竹风骚骚，万翠浓滴，两山如残妆美人，蹙黛垂眉，秀可餐食。余与秋芙且观且行，不知衣袂之既湿也。

1 节选自《秋灯琐忆》。标题为编者加。

2 理安：杭州理安寺，古称涌泉禅院，宋理宗时改名为理安寺。

　　时月楂开士主讲理安寺席，留饭伊蒲，并以所绘白莲画帧见贻。秋芙题诗其上，有"空到色香何有相，若离文字岂能禅？"之句。茶话既洽，复由杨梅坞至石屋洞。

　　洞中乱石排拱，几案俨然，秋芙安琴磐磴，鼓《平沙落雁》之操。归云瀚然，涧水互答，此时相对，几忘我两人犹生尘世间也。俄而残暑渐收，暝烟四起，回车里许，已月上苏堤杨柳梢矣。

　　是日，屋漏床前，窗户皆湿，童仆以重门锁扃，未获入视。余归，已蝶帐蚊橱，半为泽国。呼小婢以筠笼熨之，五鼓始睡。

【译文】

　　夏夜酷热，白天的时候秋芙约我一起去理安寺游玩。刚一出门就听到轰隆隆的雷声，接着刮起了大风。驾车的仆人请求回去，但我游兴正浓，强行要去。

还没到南屏山，天上就已经阴云密布，远山一片昏暗。过了一会儿，只见一道闪电如白练般出现在独秀峰顶，有一丈多长，接着大雨如注，我们不得不停在一棵大松树下避雨。

雨停之后继续前进，只感觉竹林里吹出阵阵清风，满眼的绿色浓得要滴下来，两座山峰就像带着残妆的美人，眉头微皱，眼目低垂，真是秀色可餐。我和秋芙边欣赏美景边赶路，沉浸其中，连衣袖淋湿了都没察觉。

当时是月楂大师主持理安寺的讲法事务，他留我们吃了斋饭，并将画的白莲图赠给我们。秋芙在画上题诗，其中有"空到色香何有相，若离文字岂能禅？"这一句。我们喝茶聊天非常融洽，后来从杨梅坞往石屋洞去。

洞中的乱石排成拱形，仿佛几案一般，秋芙在上面放好她的琴，弹奏了一曲《平沙落雁》。此时洞中云雾蒸腾弥漫，山涧流水仿佛附和着琴声，我俩在洞中相对而坐，几乎忘了此刻是身处凡尘呢。

不一会儿，残余的暑热慢慢消散，傍晚的烟霭四处升起，等我们驾车往回走了一里多路时，月亮已经升到苏堤上的杨柳枝头。

那一天，因为下雨屋子漏水，导致床前积水，窗户全被打湿。屋门上了锁，童仆们因此没办法进去查看，等我们回到家，帐幕间、橱柜内都是湿的，屋子有一半成了水乡泽国。我们急忙让小丫鬟用熏火的竹笼把屋内烘干，折腾到五更才睡下。

二

秦亭山西去二十里，地名西溪，余家槐眉庄在焉。缘溪而西，地多芦苇，秋风起时，晴雪满滩，水波弥漫，上下一色。芦花深处，置精蓝数椽，以奉瞿昙[1]，曰"云章阁"。阁去庄里余，复洄回溪，非苇杭不能到也。

时有佛缘僧者，居华坞丶丶斋[2]。相传戒律精严，知未来之事。乙巳秋，余因携秋芙访之，叩以面壁宗旨，如聩如聋，鼻孔撩天，曷胜失笑。

时残雪方晴，堂下绿梅，如尘梦初醒，玉齿粲然。秋芙约为永兴寺游，遂与登二雪堂，观汪夫人方佩书刻。还坐溪上，寻炙背鱼、剪尾螺，皆颠师胜迹。

明日更游交芦、秋雪诸刹，寺僧以松萝茶进，并索题《交芦雅集图卷》。回船已夕阳在山，晚钟催饭矣。霜风乍寒，溪

---

1 瞿（qú）昙：古代天竺人的姓。释迦牟尼的本姓，故常以"瞿昙"指释迦牟尼。

2 丶丶（yī）斋：是僧人修行之所的名称，丶字是梵文，三点象征法身、般若和解脱三德秘藏。

上澄波粼粼，作皱縠纹。秋芙时著薄棉，有寒色，余脱半臂拥之。夜半至庄，吠尨[1]迎门，回望隔溪渔火，不减鹿门晚归时也。秋芙强余作纪游诗，遂与挑灯命笔，不觉至曙。

【译文】

从秦亭山往西二十里，有个地方名叫西溪，我家的槐眉庄就在那里。沿着溪水再往西，河滩上生长着很多芦苇。秋风起时，芦花如雪片般飘满整个河滩，水面也全是，天、水与滩上下一色。

芦花荡深处，修筑了几间精美的僧舍来供奉佛祖，名叫云章阁。云章阁离槐眉庄有一里多路，路途隔着曲折的溪涧河流，要坐船才能到那里。

当时有位虔诚奉佛的高僧，居住在华坞丶丶斋修行。相传他戒律精严，能预知未来。道光二十五年（1845 年）深秋，我与秋芙一道去拜访他，向他请教禅宗的要义，结果他像瞎了聋了般毫无

1　尨（máng）：多毛的狗。

反应，鼻孔朝天，让人看到忍不住想笑。

当时一场残雪刚下完，天方放晴，堂下绿梅盛开，如同从尘世的大梦中醒过来一般，露出洁白的"牙齿"微笑。

秋芙又约我去永安寺游玩，于是我和她一起登上了二雪堂，观看雕有汪端书法的碑刻。游赏之后，我们还坐在溪边寻炙背鱼、剪尾螺，这些都与当年济公和尚的故事有关。

第二天，我们又游了交芦庵、秋雪庵两座寺庙，僧人用松萝茶招待我们，并请求我们在《交芦雅集图卷》上题诗。等坐船回去时，夕阳已快落山，晚钟敲响，似在催人回去吃饭。

秋风突然寒意阵阵，溪面水波涟漪，宛如揉皱的纱绸。秋芙当时只穿着一件薄薄的棉衣，看起来有点冷，我脱下外罩的背心披在她身上，拥她入怀。回到庄上时已半夜光景，家犬叫着前来迎接，我回头看对面岸上泛起的渔火，此情此景真是堪比孟浩然诗中所写的鹿门晚归啊。秋芙硬要我为这次出行作些游记诗，于是我和她一起点灯构思，不觉东方泛起鱼肚白。

三

秋芙所种芭蕉，已叶大成阴，荫蔽帘幕。秋来雨风滴沥，枕上闻之，心与俱碎。

一日，余戏题断句叶上云："是谁多事种芭蕉？早也潇潇，晚也潇潇。"明日见叶上续书数行云："是君心绪太无聊。种了芭蕉，又怨芭蕉。"字画柔媚，此秋芙戏笔也，然余于此，悟入正复不浅。

【译文】

秋芙种的芭蕉已长大，叶子成荫，遮挡了门窗的帷幕。秋天到来，秋风秋雨打在芭蕉上滴滴答答，我睡在枕上听得心都碎了。

有一日，我在芭蕉叶上戏题了几句诗词，说："是谁多事种芭蕉？早也潇潇，晚也潇潇。"第二天我看见芭蕉叶上的诗被续了几行，说："是君心绪太无聊。种了芭蕉，又怨芭蕉。"字迹柔媚，一看便知道为秋芙戏写。然而我却从中悟出了很深的道理。

四

开户见月，霜天悄然，固忆去年今夕，与秋芙探梅巢居阁下，斜月暖空，远水渺弥，上下千里，一碧无际。相与登补梅亭，瀹茗[1]夜谈，意兴弥逸。秋芙方戴梅花鬓翘，虬枝在檐，遽为攫去，余为摘枝上花补之。今亭且倾圮，花木荒落，惟姮娥有情，尚往来孤山林麓间耳。

【译文】

打开窗户看见月亮，深秋季节，外面一片寂静，不由得回忆起去年今夜，我和秋芙在巢居阁寻访、赏梅之事。

那时，月亮斜挂在晴暖的夜空，远处湖水浩渺，上下千里，一片碧绿无边无际。我们一起登上补梅亭，煮着茶在夜色里清谈，兴致越发超脱闲逸。秋芙那时刚好在鬓间插了一朵梅花，却被檐下伸出的一根弯曲的枝条挂住，一下子掉了，我又从枝头为她摘了一朵花插上。如今补梅亭已经坍塌，那里的花木也荒芜零落，只剩下有情的月亮，还在孤山的丛林之间往来。

1 瀹（yuè）茗：煮茶。

五

去年燕来较迟，帘外桃花，已零落殆半。夜深巢泥忽倾，堕雏于地。秋芙惧为猧儿所攫，急收取之，且为钉竹片于梁，以承其巢。

今年燕子复来，故巢犹在，绕屋呢喃，殆犹忆去年护雏人耶？

【译文】

去年的春天燕子归来得晚，屋帘外的桃花已凋零大半了。夜深的时候，燕子用泥巴筑的巢忽然掉下来，里头的小燕子也掉到地上。秋芙担心小燕子被狗叼去，急忙起床把小燕子捡起来，然后把竹片钉在梁上，以加固巢穴。

今年春天，燕子又来了，见去年的巢穴还在，绕着屋子鸣叫。这是记起去年保护小燕子的人儿吗？

烧火的灶台半丈高，忙碌的身影六尺长。一屋，两人，三餐，四季，人间烟火便是爱情。下雨天为你撑起一把伞，天冷了为你披上一件衣，一切没有太高的奢望。一张纸就是一辈子，一转身就是一生。遇见你，甚好！

灶前笑问粥可温[1]

[清] 蒋坦

一

夜来闻风雨声，枕簟渐有凉意。秋芙方卸晚妆，余坐案傍，制《百花图记》未半，闻黄叶数声，吹堕窗下。秋芙顾镜吟曰："昨日胜今日，今年老去年。"余怃然云："生年不满百，安能为他人拭涕！"辄为掷笔。

夜深，秋芙思饮，瓦铛温暾，已无余火。欲呼小鬟，皆蒙头户间，为趾离[2]召去久矣。余分案上灯置茶灶间，温莲子汤

---

1 节选自《秋灯琐忆》。标题为编者加。

2 趾（zhǐ）离：梦神的名字。

一瓯饮之。秋芙病肺十年，深秋咳嗽，必高枕始得熟睡。今年体力较强，拥髻相对，常至夜分，殆眠餐调摄之功欤？然入秋犹未数日，未知八九月间更复何如耳。

【译文】

入夜以后听到风雨声响起，睡在凉席上逐渐有了凉意。秋芙刚卸了晚妆，我则坐在书桌旁写《百花图记》，还没写到一半，便听见窗外风起，将黄叶吹落窗下。

秋芙对着镜子吟道："昨日胜今日，今年老去年。"我惆怅地说："人生难满百年，又何必为他人的遭遇而感伤流泪呢？"于是停笔不写。

夜深时分，秋芙想喝水，瓦壶里的水温热，炉子已没了火。本想叫小丫鬟起来烧水，她们却都蒙头大睡，早早被梦神召唤去了。于是我将案头的灯拿了一盏放在茶灶间，热了一碗莲子汤给秋芙喝。

　　她得肺病已有十年，深秋时节总是咳嗽不已，得睡高枕头才
能熟睡。今年以来她体力稍微强些，常常与我相对而坐，一直待
到半夜。兴许是睡眠、饮食等经过调理而有了效果吧？但现在才
刚入秋不久，还不知道等到八九月间会怎么样呢。

二

丁未冬，伊少沂大令课最[1]北行。余饯之草堂，来会者二十余人。酒次，李山樵鼓琴，吴康甫作擘窠书[2]，吴乙杉、杨渚白、钱文涛分画四壁，余或拈韵赋诗，清谈瀹茗。惟施庭午、田望南、家宾梅十余人，踞地赌霸王拳，狂饮疾呼，酒尽数十觥不止。

是夕，风月正佳，余留诸人为长夜饮。羊灯既上，洗盏更酌，未及数巡，而呼酒不至。讶询秋芙，答云："瓶罄矣。床头惟余数十钱，余脱玉钏换酒，酒家不辨真赝，今付质库，去市远，故未至耳。"余为诵元九"泥[3]他沽酒拔金钗"诗，相对怅然。

是集得诗数十篇，酒尽八九瓮，数年来文酒之乐，于斯为盛。自此而后，纵迹天涯，云萍聚散，余与秋芙亦以尘事相羁，不能屡为山泽游矣。

1 课最：官吏任满赴京考核，政绩最好的称"课最"。
2 擘窠（bòkē）书：原指在划分好的框格里写字，此处指挥毫书写大字。
3 泥（nì）：央求的意思。

【译文】

丁未年（1847年）的冬天，县官伊少沂任期满，因业绩考核最优秀，所以要到北面的京城去。我在草堂为他设宴饯行，来参加的宾朋有二十多人。

酒后，李山樵弹琴，吴康甫挥毫书写大字，吴乙杉、杨渚白、钱文涛分别在四壁作画，其余的人或取某韵赋诗，或品茶清谈。唯独施庭午、田望南、家宾梅等十几个人，蹲在地上划霸王拳赌酒，狂喝酒大声喊，喝了几十杯还不罢休。

这一天的夜晚风月都好，我挽留各位朋友喝个通宵。灯火陆陆续续亮起来，清洗杯盘继续喝。但没几个回合，大呼上酒却无人来。

我惊讶地询问秋芙是怎么回事，她回答说："那几瓶酒都喝光了，家里床头只剩下几十钱，所以我脱下玉钏去换酒，但酒家不知真假不敢接。刚才让仆人拿到当铺去典卖，当铺离市场校远，现在人还没有回来呢。"我吟诵起元稹的诗句"泥他沽酒拔金钗"，和秋芙惆怅相对。

　　这次的雅集一共得诗数十首，喝了八九坛酒，细细算来，这几年诗酒风流的欢乐要数此次最为盛大。只是从此以后，朋友们各自浪迹天涯，如白云、浮萍般聚散不定，秋芙和我也多被世俗束缚，不能经常探访山水了。

三

秋芙病，居母家六十余日。臧获陪侍，多至疲惫。其昼夜不辍者，仅余与妻妹侣琼耳。余或告归，侣琼以身代予，事必手亲，故药炉病榻之间，予得赖以息肩。

侣琼固情笃友于，然当此患难之时，而茶苦能甘，亦不自觉何以至是也。秋芙生负情癖，病中尤为缠缚。余归，必趣人召余，比至，仍无一语。侣琼问之，秋芙曰："余命如悬丝，自分难续，仓猝恐无以与诀，彼来，余可撒手行耳。"

余闻是言，始觉腹痛，继思秋芙念佛二十年，誓赴金台之迎，观此一念，恐异日轮堕人天，秋芙犹未能免。手中梧桐花，放下正自不易耳。

【译文】

秋芙生病了以后，我俩回她娘家住了六十多天。其间，照顾她的丫鬟、仆人全都身心疲惫，而日夜无间断照顾她的，仅剩下我和妻妹侣琼而已。有时候我要回家一趟，就剩侣琼一人日夜照顾了。凡事种种，侣琼必亲自经手，因此秋芙生病期间，我全因为她才得到一点喘息机会。

侣琼能悉心照顾秋芙，固然是因为姐妹亲情浓厚，但在此苦难中能苦中作乐，连她自己也不知道为什么她能做到这么多。秋芙这人一辈子感性，生病期间，更是感性得很。我一回到家，她一定差人把我喊过去，但我去了后，她又一句话不说。侣琼问她这是为什么，秋芙说："如今我命如悬丝，自己感觉活不下去了，怕在仓促之间不能和他告别，若他来到我身边，我就可以放心走了。"

我一听了她这话，便伤心欲绝，接着我又想到，如今秋芙已念佛二十年，还曾发誓要升天成仙。但她如今这般缠绵于我和她的情思，恐怕某一天真走了，亦不能免于超脱轮回。毫无抵触地面对死亡，确实是一件不容易的事啊。

四

　　秋芙好棋，而不甚精，每夕必强余手谈，或至达旦。余戏举竹垞[1]词云："簸钱斗草已都输，问持底今宵偿我？"

　　秋芙故饰词云："君以我不能胜耶？请以所佩玉虎为赌。"下数十子，棋局惭输，秋芙纵膝上猧儿[2]搅乱棋势。余笑云："子以玉奴自况欤？"秋芙嘿然，而银烛荧荧，已照见桃花上颊矣。自此更不复棋。

【译文】

　　秋芙爱好下棋，但棋艺不是很好，每晚一定要拉我陪她下，偶尔还下到天亮。我曾拿朱彝尊写的词句跟她开玩笑："簸钱斗草已都输，问持底今宵偿我？"

1　竹垞（chá）：清代文学家、学者朱彝尊，号竹垞。
2　猧（wō）儿：小狗。唐玄宗和哥哥宁王下棋快要输的时候，在旁观看的杨贵妃放狗毁棋解围，此狗是康国进献的。秋芙棋艺不好，下不来台，故仿效杨贵妃为自己解围。

　　秋芙反而拿话掩饰，说："你觉得我赢不了你？不如用我佩戴的玉虎做赌注，再来一盘。"下了几十个子，秋芙的棋局不利，于是她故意让膝上的小狗跳上棋盘毁了棋局。我笑着说："你这是自比那毁棋的杨玉环吗？"秋芙不说话。只是此时灯火明亮，我能看见她脸颊绯红。此后她便不再下棋。

辑四

欲买桂花同载酒

兰亭集序

[晋] 王羲之

永和九年，岁在癸丑，暮春之初，会于会稽山阴之兰亭，修禊¹事也。群贤毕至，少长咸集。此地有崇山峻岭，茂林修竹，又有清流激湍，映带左右，引以为流觞曲水。列坐其次，虽无丝竹管弦之盛，一觞一咏，亦足以畅叙幽情。是日也，天朗气清，惠风和畅。仰观宇宙之大，俯察品类之盛，所以游目骋怀，足以极视听之娱，信可乐也。

夫人之相与，俯仰一世，或取诸怀抱，悟言一室之内；或因寄所托，放浪形骸之外。虽趣舍万殊，静躁不同，当其欣于

---

1 修禊（xì）：每年三月上旬巳日（魏以后固定为三月三日）为修禊日，古人到水边洗濯、嬉游，以消除不祥。

所遇，暂得于己，快然自足，不知老之将至。及其所之既倦，情随事迁，感慨系之矣。向之所欣，俯仰之间，已为陈迹，犹不能不以之兴怀。况修短随化，终期于尽。古人云："死生亦大矣。"岂不痛哉！

每览昔人兴感之由，若合一契[1]，未尝不临文嗟悼，不能喻之于怀。固知一死生为虚诞，齐彭殇为妄作。后之视今，亦犹今之视昔。悲夫！故列叙时人，录其所述，虽世殊事异，所以兴怀，其致一也。后之览者，亦将有感于斯文。

【译文】

永和九年（353年）是癸丑年，于暮春的三月初我们聚集在会稽郡山阴县的兰亭，举行修禊活动。各方的贤士都到了，年老者与年轻人聚在一起。

---

1 契：符契，是用作凭证的信物，分为两半，双方各拿一半，使用的时候两半合在一起以作征信。

　　兰亭这个地方啊，崇山峻岭，有茂盛的树木和笔直的翠竹，还有湍急流淌的清澈溪水。溪水环绕着兰亭，因此被用来作为漂流酒杯的水道。

　　大家依次坐在溪流边，虽然没有乐器吹奏出美妙的音乐，但喝一杯酒吟一首诗，也足够抒发内心的幽情。天气是那么晴朗，和风习习。抬头看向宇宙，空间无限阔大；低首俯视万物，品类兴盛繁茂，它们让眼睛得以放纵，胸怀得到舒展，耳朵和眼睛尽情地享受着，实在是快活。

　　人和人之间的相处，在这上下观看之间就完结了。有的人愿意表达内心的感受，彼此坐在屋子里促膝谈心；有的人寄情外物，无拘无束地游览天地。虽然每人选用的方式千差万别，个人性情或沉静或浮躁，但当他们遇到使自己高兴的景物，自己暂有所得时，就欣喜万分，不知老之将至。

　　当他们对所得感到厌倦时，情怀就随着事物的改变而变化，感慨便发出来了。过去认为欢乐的，顷刻之间成为陈迹，对此尚且不能不深有感触。更何况人生的长短由天决定，最终都不免有穷尽之期。古人说："死生是人生大事啊！"这难道不悲痛吗！

　　每次观看古人兴怀抒感的缘由，我和他们若符契一样契合，没有不对着文辞感叹悲伤的，心里却很难说清原因。

　　我明白把死和生当作一回事是虚伪荒诞的，把长寿和短命视同无别是矫枉做作的。后人看待今天，也正像今人看待他们的古人一般。真是可悲啊！因此我把这次参加活动的人一一记下，录下他们的作品。虽然时代不同，世事变化，但是人们抒发情怀的原因大致相同。后代的读者，也将会对这些诗文有所感叹吧！

人这一辈子，如果能活一百岁，也不过三万六千五百天，睡觉就占去一半。一万八千多天中，有几次我们的心是真正快乐的？浮生如梦，为欢几何？人不可能完美，慢慢接受自己的愚钝和平庸，允许自己出错，允许自己偶尔断电，带着遗憾拼命绽放。

春夜宴桃李园序

[唐] 李白

夫天地者，万物之逆旅；光阴者，百代之过客。而浮生若梦，为欢几何？古人秉烛夜游，良有以也。

况阳春召我以烟景，大块假我以文章。会桃李之芳园，序天伦之乐事。群季俊秀，皆为惠连[1]；吾人咏歌，独惭康乐[2]。幽赏未已，高谈转清。开琼筵以坐花，飞羽觞而醉月。不有佳

1　惠连：南朝宋文学家谢惠连，幼而聪明，十岁能文，为族兄谢灵运所欣赏。此以谢惠连比喻诸从弟，夸奖他们有才。

2　康乐：指南朝宋诗人谢灵运，名将谢玄之孙，袭封康乐公，故称。他以写作山水诗著名。

咏，何伸雅怀？如诗不成，罚依金谷¹酒数。

【译文】

天地是万物借宿的旅馆，光阴是古往今来的过客。飘浮无定
的人生如同梦一般，欢会聚会的事，又有几次？古人点着灯烛连
夜游乐，确实有他的道理！

况且现在，温暖的春天用美景吸引我们，大自然又展现秀美
风光。大家会聚在桃李花园，说着天伦乐事。诸位弟弟英俊挺
秀，个个好似谢惠连，独我的诗歌不如谢灵运。看着幽趣的景
色，欣赏之情还未完，高超议论又转变为清谈。开盛筵了，坐着
欣赏名花，举杯如飞，大家喝醉在月下。没有好的诗歌，怎能抒
发内心高雅的情怀？假如有人作诗不成，那就按照金谷雅集的办
法罚酒吧。

1　金谷：西晋石崇筑园于金谷涧，其地在今河南洛阳西北，世称金谷园。此用金谷酒
　数，指宴会上的罚酒之数。

生命是一树花开，有人开得热烈喧闹，有人在寂寞中璀璨。只是每个人的心中都有一处桃花源，不足为外人道。

愿我们都能静守心中的一片美好，拭净心台伴烟霞，耐得寂寞好修行。

趁阳光正好，趁微风不躁，与山花共烂漫，与层林共尽染。

桃花源记

[晋] 陶渊明

晋太元中，武陵人捕鱼为业。缘溪行，忘路之远近。忽逢桃花林，夹岸数百步，中无杂树，芳草鲜美，落英缤纷。渔人甚异之。复前行，欲穷其林。

林尽水源，便得一山，山有小口，仿佛若有光。便舍船，从口入。初极狭，才通人。复行数十步，豁然开朗。土地平旷，屋舍俨然，有良田、美池、桑竹之属。阡陌交通，鸡犬相闻。其中往来种作，男女衣着，悉如外人。黄发垂髫[1]，并怡然自乐。

1　垂髫（tiáo）：指儿童。髫是古代小孩的发式。

　　见渔人，乃大惊，问所从来。具答之。便要还家，设酒杀鸡作食。村中闻有此人，咸来问讯。自云先世避秦时乱，率妻子邑人来此绝境，不复出焉，遂与外人间隔。问今是何世，乃不知有汉，无论魏晋。此人一一为具言所闻，皆叹惋。余人各复延至其家，皆出酒食。停数日，辞去。此中人语云："不足为外人道也。"

　　既出，得其船，便扶向路，处处志之。及郡下，诣太守，说如此。太守即遣人随其往，寻向所志，遂迷，不复得路。

　　南阳刘子骥，高尚士也。闻之，欣然规往，未果，寻病终。后遂无问津者。

【译文】

　　东晋太元年间（376—396年），有一个捕鱼为生的武陵人，划着船沿山间溪水前行，一时忘了路的远近。他突然看到一处桃花林，桃树夹岸而生，数百步之内没有一棵其他的树。桃林下长着鲜嫩的花草，路上面铺满了美丽的落花。渔人见了非常惊奇，又往前行，想穿过这片桃林。但桃林的尽头是溪水的源头，那里有一座小山，山上有一个小山洞，看上去还发着亮光。

于是渔人就下船走进山洞。山洞起初很狭窄，只能通过一人，但向前走数十步，豁然开朗。

出了山洞，他便看到平整广阔的土地、整齐排列的房屋村舍，有肥沃的良田、美丽的池水和桑树竹林等。田间小道交错相通，家家户户彼此间能听到鸡鸣狗叫声。这里的人正来来往往，忙着耕种，男男女女的服装和外面的人完全一样。老人和小孩子都很开心。

他们见了渔人，十分惊讶，七嘴八舌地问他从哪里来，渔人一一回答。之后这里的人便邀请渔人去他们家，他们端上酒杀鸡做饭款待渔人。

村里人听说有这样一个人，都来打听消息。他们自己解释说，他们的先辈为了躲避秦时的战乱，带着妻儿和乡亲来到这个与世隔绝的地方，从此再没有出去，于是就和外面的人隔绝了消息。

他们问现在是什么朝代，竟然不知道有汉朝，更不用说魏和晋了。渔人向他们详细讲述自己的所见所闻，他们听了后惊叹惋惜。村子的其他人又各自邀渔人到家中做客，都拿酒饭招待他。渔人在这儿住了几天，然后告别。村里的人对渔人说："这里的事不值得对外人说啊！"

渔人出了洞，找到了船，就沿着来路返回，还对所经过的地方做了标记。等回到郡所，他拜见太守说了这段经历。太守立即派人跟他一起前去，一行人寻找之前留下的标记，但还是迷失了方向，没有找到那条路。

南阳的刘子骥是位不流俗的读书人，他听了这件事十分高兴，也准备前去一看。但还没有成行就得病去世了。以后便没有人再去探寻桃花源了。

在心里种菊，人生才不会荒芜。

除了身体的疼痛，你所有的痛苦都源于你的思想。释怀，才是人高级的状态。

不给你磨难，你又如何看透人生？没有见过大海，如何知道天涯海角？请记住，你还有万里路要走。

物来顺应，未来不迎，当时不杂，既过不恋。

归去来兮辞

[晋] 陶渊明

归去来兮，田园将芜胡不归？既自以心为形役，奚惆怅而独悲？悟已往之不谏，知来者之可追，实迷途其未远，觉今是而昨非。舟遥遥以轻飏[1]，风飘飘而吹衣。问征夫以前路，恨晨光之熹微。

乃瞻衡宇，载欣载奔。僮仆欢迎，稚子候门。三径就荒，松菊犹存。携幼入室，有酒盈樽。引壶觞以自酌，眄[2]庭柯以怡颜。倚南窗以寄傲，审容膝之易安。园日涉以成趣，门虽设

1 飏（yáng）：荡漾。

2 眄：闲看。

而常关。策扶老以流憩，时矫首而遐观。云无心以出岫，鸟倦飞而知还。景翳翳[1]以将入，抚孤松而盘桓。

归去来兮，请息交以绝游。世与我而相违，复驾言兮焉求？悦亲戚之情话，乐琴书以消忧。农人告余以春及，将有事于西畴。或命巾车，或棹孤舟，既窈窕以寻壑，亦崎岖而经丘。木欣欣以向荣，泉涓涓而始流。善万物之得时，感吾生之行休。

已矣乎！寓形宇内复几时，曷不委心任去留？胡为乎遑遑欲何之？富贵非吾愿，帝乡不可期。怀良辰以孤往，或植杖而耘耔。登东皋以舒啸，临清流而赋诗。聊乘化以归尽，乐夫天命复奚疑？

1　景：日光。多代指太阳。翳翳：昏暗不明的样子。

【译文】

回去吧，田园就要荒芜了，为什么还不回去呢？是自己的身体使得心灵沦为奴隶的，为什么要惆怅和悲伤？过去之事已经不可挽回，未来还可以补救呀。

我步入迷途还不是很远，现在的决定是对的，以前都做错了。船儿在水中轻轻晃荡，微风把我的衣裳吹动。不认路的时候就向行人问路，住宿时心里恨天还不亮。

一望见那简陋的家门，我又是兴奋又是奔跑。僮仆笑着迎接我，我年幼的孩子等在门口。院中的小路已经荒芜，但往日栽种的松菊还在。抱着孩子走进屋里，尚有陈酒盛满樽瓢。取来壶杯自饮自酌，笑看着院外的树木。身体歪在南窗上以寄托傲岸的情怀，内心愈发觉得容膝之地可以安乐逍遥。

每天在园内散步领略佳趣，虽有院门，却是长关不开的。挂着手杖四处走走停停，不时抬头远望天边，看见云气自然而然地从山里冒出；鸟儿飞累了，自己回家去。天渐渐暗下来，我摸着

孤松不肯离去。

回去吧，让我与世隔绝吧。这不是我想要的世道，外出奔波能得到什么呢？在家能开心地和亲戚说话，没事就弹弹琴、读读书，可以消除忧愁。

春天来临，农人会告诉我西边的田地可以耕种了。闲时还可以乘有篷小车游玩，或一个人划划小舟。既能攀缘曲折幽深的山沟，也能去高低不平的山丘。能看到生机勃勃的草木，也能看到涓涓泉水开始日夜不息地涌流。羡慕自然万物恰逢其时，感叹自己的生命即将走到尽头。

算了吧！人这副躯体能寄托在天地间多久呢？所以为什么不随心所欲？整天忙忙碌碌是想要怎样呢？

荣华富贵不是我的理想，虚无仙境也不可期盼。遇上好时光就一人多多欣赏，或者把手杖插在田边除草犁田。可以登上东面的高冈放声长啸，可以来到清澈的水边作作诗。姑且顺应自然走向归宿，乐天安命又有什么可迟疑的？

无常、孤独、命运，是人生最重的三个词，却是人生的常态。

无常就是：日子连按部就班都无法保证，总要来个意外撞碎清净。孤独就是：朋友虽多，能聊心事者有几个？命运就是：你当下的选择决定了以后的命运，可我怎么知道选择对不对。

生命之艰，也许就是我们存在的意义，过去了，才配称奇迹。

迷茫时记得前行，悲伤时记得自度。

滕王阁序

[唐] 王勃

南昌故郡，洪都新府。星分翼轸[1]，地接衡庐。襟三江而带五湖，控蛮荆而引瓯越。物华天宝，龙光射牛斗之墟；人杰地灵，徐孺下陈蕃之榻。雄州雾列，俊彩星驰。台隍枕夷夏之交，宾主尽东南之美。都督阎公之雅望，棨戟[2]遥临；宇文新州之懿范，襜帷[3]暂驻。十旬休暇，胜友如云；千里逢迎，高朋满座。腾蛟起凤，孟学士之词宗；紫电清霜，王将军之武库。家君作宰，路出名区；童子何知，躬逢胜饯。

1 翼轸（zhěn）：二十八宿中的二星。古人以天上二十八宿与地上州之位置相对应，叫某星在某地之分野。翼轸，楚地之分野。

2 棨（qǐ）戟：有衣套的戟，指高官的仪仗。

3 襜（chān）帷：车上的帐幔，此借指车马。

　　时维九月，序属三秋。潦水¹尽而寒潭清，烟光凝而暮山紫。俨骖騑²于上路，访风景于崇阿。临帝子之长洲，得天人之旧馆。层峦耸翠，上出重霄；飞阁流丹，下临无地。鹤汀凫渚，穷岛屿之萦回；桂殿兰宫，即冈峦之体势。

　　披绣闼³，俯雕甍⁴，山原旷其盈视，川泽纡其骇瞩。闾阎扑地，钟鸣鼎食之家；舸⁵舰弥津，青雀黄龙之轴⁶。云销雨霁，彩彻区明。落霞与孤鹜⁷齐飞，秋水共长天一色。渔舟唱晚，响穷彭蠡之滨；雁阵惊寒，声断衡阳之浦。

　　遥襟甫畅，逸兴遄⁸飞。爽籁发而清风生，纤歌凝而白云

1　潦（lǎo）水：积存之雨水。

2　骖騑（cānfēi）：车辕两旁的马。

3　闼（tà）：阁门。

4　甍（méng）：屋脊。

5　舸（gě）：大船。

6　轴：同"舳"，船端，此指船只。

7　鹜：野鸭。

8　遄（chuán）：迅速。

遏[1]。睢园[2]绿竹，气凌彭泽之樽；邺水朱华，光照临川之笔。四美具，二难并。穷睇眄[3]于中天，极娱游于暇日。天高地迥[4]，觉宇宙之无穷；兴尽悲来，识盈虚之有数。望长安于日下，目吴会于云间。地势极而南溟深，天柱高而北辰远。关山难越，谁悲失路之人？萍水相逢，尽是他乡之客。怀帝阍[5]而不见，奉宣室以何年？

嗟乎！时运不齐，命途多舛[6]。冯唐易老，李广难封。屈贾谊于长沙，非无圣主；窜梁鸿于海曲，岂乏明时？所赖君子见机，达人知命。老当益壮，宁移白首之心？穷且益坚，不坠青云之志。酌贪泉而觉爽，处涸辙以犹欢。北海虽赊，扶摇可接；东隅已逝，桑榆非晚。孟尝高洁，空余报国之情；阮籍猖狂，岂效穷途之哭？

---

1 遏：阻止。

2 睢（suī）园：指西汉梁孝王刘武之兔园，在今河南商丘南，园内有竹。

3 睇（dì）眄：纵观。

4 迥：远。

5 帝阍（hūn）：帝居。阍，守门者，此指宫门。

6 舛（chuǎn）：不顺利。

　　勃，三尺微命，一介书生。无路请缨，等终军之弱冠；有怀投笔，慕宗悫之长风。舍簪笏于百龄，奉晨昏于万里。非谢家之宝树，接孟氏之芳邻。他日趋庭，叨陪鲤对；今兹捧袂[1]，喜托龙门。杨意不逢，抚凌云而自惜；钟期既遇，奏流水以何惭？

　　呜呼！胜地不常，盛筵难再；兰亭已矣，梓泽[2]丘墟。临别赠言，幸承恩于伟饯；登高作赋，是所望于群公。敢竭鄙诚，恭疏短引；一言均赋，四韵俱成。请洒潘江，各倾陆海云尔。

> 滕王高阁临江渚，佩玉鸣鸾罢歌舞。
>
> 画栋朝飞南浦云，朱帘暮卷西山雨。
>
> 闲云潭影日悠悠，物换星移几度秋。
>
> 阁中帝子今何在？槛外长江空自流。

1　捧袂（mèi）：举起双袖，表示谒见时之恭谨。

2　梓（zǐ）泽：在今河南洛阳北，即晋石崇之金谷园的故址。

【译文】

　　这里过去是豫章郡的郡所，如今则是洪州的都督府。在天上的方位，它属于翼、轸两星宿的分野；在地下的方位，则连接着衡山、庐山。把三江作为衣襟，把五湖作为衣带；控制着荆楚，接引着瓯越。

　　这里物产华美，犹如上天的珍宝，龙泉太阿的剑气直射牛斗二星宿；这里人杰地灵，高士徐稚使得陈蕃专门为他做了一张床榻。

　　洪州城，建筑之多，如云雾般排列；人才之多，像众星在飞驰。城池处于荆楚与蛮夷的交界处，宾客和主人，囊括了东南地区所有的优秀人物。洪州都督阎公，声望崇高，远道而来；复姓宇文的新州刺史，是道德模范，车驾暂留于此。今天恰逢十日一旬的假期，来了很多的良友，迎接远客，高贵的朋友坐满了席位。孟学士是文坛宗匠，所作文章像蛟龙，若彩凤；王将军的兵器库中，有紫电、青霜这样的名剑。家父在远方任县令，我因前往而途经宝地；在下年幼无知，却能幸运地得赴盛会。

如今正值九月，季节属于深秋。雨后的积水退去，寒潭变得清冽；天空飘着云烟，暮霭中的山呈一片紫色。驾着豪华的马车行驶在高高的道路上，到崇山峻岭中观望风景。

来到滕王营建的长洲上，看见他当年修建的楼阁。重叠的峰峦耸起一片苍翠，上达九霄；凌空架起的阁道上，朱红的油彩鲜艳欲滴，从高处往下看，地好像没有了似的。仙鹤野鸭栖止的水边平地和水中小洲，极尽岛屿曲折回环的景致；桂树与木兰建成的宫殿，随着冈峦呈高低起伏的态势。

推开精致的阁门，俯瞰雕饰的屋脊，放眼远望，辽阔的山原充满视野，迂回的河流湖泊使人看了惊叹。房屋排满地面，都是钟鸣鼎食的人家；船只布满渡口，都是青雀黄龙的船首。

云消雨散，阳光普照，落日映照着赣江，波光粼粼，一只野鸭飞在江面，秋水和天空被染成一个颜色。傍晚的渔船传出歌声，歌声响遍鄱阳湖畔；排成行列的大雁被寒气惊扰，叫声消失在衡山南面的水边。

远望长吟，使得胸怀舒畅，豪情雅兴油然生起。排箫发出清脆的声音，引来阵阵清风；歌声缭绕不散，连白云也不动了。

　　今日的宴会很像是当年梁王睢园竹林的聚会，在座各位的狂饮气概都超过了陶渊明；又有邺水的曹植咏荷花那样的才气，文采可以直比南朝诗人谢灵运。良辰、美景、赏心、乐事这四美随地都有，贤主、嘉宾这二者却很难凑齐。

　　放眼远望，长天胜景历历在目，在这闲暇的日子里，要尽情欢乐。天高地远，感到宇宙无边无际；兴尽悲来，认识到事物的兴衰成败自有定数。在夕阳下远望长安，于云海间遥指吴越。地势偏远，南海深不可测；天柱高耸，北极星远远悬挂。雄关高山难以越过，有谁同情不得志的人？今天我们萍水相逢，都是身在他乡的人。思念皇宫却看不见，在宣室等待召见却不知在哪年。

　　唉！一个人的时运不济，命途将是多么艰险。冯唐年老而不得高官，李广军功显赫而难封列侯。贾谊被贬长沙时，朝中并非没有圣君；梁鸿隐居海边时，难道不是政治昌明的时代？因此，所能凭借的只有如君子般，能了解时机；如通达事理的人一样，明白自己的命运。

　　老了应当更有壮志，哪能在白发苍苍时改变自己的心志？处境艰难反而更加坚强，不放弃远大崇高的志向。喝了贪泉的水，仍能不贪；处在干涸的车辙沟内，依然乐观开朗。北海虽然遥远，乘着风仍可以到达；少年的时光虽然已经消逝，珍惜将来的岁月还不算晚。既然有像性行高洁的孟尝君那样的报国之心，岂能学不拘礼法的阮籍那样的穷途之哭？

　　我，王勃，不过腰系三尺绅带的一介书生。没有请缨报国的机会，却已到了和终军一样的年龄；像班超那样有投笔从戎的胸怀，也仰慕宗悫"乘风破浪"的志愿。宁愿舍弃一生的功名富贵，到万里之外去早晚侍奉父亲。

　　我不敢说自己是谢玄那样的人才，却结识了诸位名家。过些天将到父亲那里聆听教诲，一定要像孔鲤那样趋庭有礼，对答如流；今天举袖作揖谒见阎公，好像登上龙门一样。司马相如倘若没有遇到杨得意那样引荐的人，虽有文才也只能独自叹惋；我既然遇到钟子期那样的知音，演奏高山流水的乐曲又有什么觉得惭愧的呢？

　　唉！名胜是不会常游的，盛宴也很难再遇。当年兰亭宴饮集会的盛况已成为过去，繁华的金谷园也成为废墟。临别赠言吧，作为有幸参加这次盛宴的纪念；登高作赋吧，那就指望在座的诸公了。我冒昧地给大家献丑，写下这篇小序，一首四韵小诗已写成，请各位像潘岳、陆机那样，展现如江似海的文才吧。

　　　　高高的滕王阁耸立在江渚，佩玉声鸾铃声停止了歌舞。
　　　　画栋雕梁早晨飞过南浦的云，朱红帘幕晚上卷起西山雨雾。
　　　　闲暇的云潭中日影晃晃悠悠，景物变换星斗转移几度春秋。
　　　　阁中的皇子啊如今在哪里？槛外的赣江水啊空自奔流！

自
度

后之视今，亦犹今之视昔。

——《兰亭集序》

浮生若梦，为欢几何？

——《春夜宴桃李园序》

土地平旷，屋舍俨然，有良田、美池、桑竹之属。阡陌交通，鸡犬相闻。

——《桃花源记》

悟已往之不谏，知来者之可追。

——《归去来兮辞》

落霞与孤鹜齐飞，秋水共长天一色。

——《滕王阁序》

夜则后花而眠，朝则先鸟而起，惟恐一声一色之偶遗也。

——《看花听鸟》

天下之看灯者，看灯灯外；看烟火者，看烟火烟火外。

——《鲁藩烟火》

春草碧色，春水渌波，送君南浦，伤如之何！

——《别赋》

山不在高，有仙则名。水不在深，有龙则灵。

——《陋室铭》

风景，往往在人到不了的地方；成功，是需要翻过高山的。没有哪件事轻轻松松就成了，能轻松成的事叫事吗？有麻烦解决就好了，有困难排除就行了，人不生来就是来解决事的吗？去做你认为对的事情，因为那只有你能去做。

小石城山记

[唐] 柳宗元

自西山道口径北，逾黄茅岭而下，有二道：其一西出，寻之无所得；其一少北而东，不过四十丈，土断而川分，有积石横当其垠[1]。其上为睥睨、梁欐[2]之形，其旁出堡坞，有若门焉。窥之正黑，投以小石，洞然有水声，其响之激越，良久乃已。环之可上，望甚远。无土壤而生嘉树美箭，益奇而坚，其疏数[3]偃仰，类智者所施设也。

噫！吾疑造物者之有无久矣。及是，愈以为诚有。又怪其

---

1 垠：边，岸。

2 睥睨（pìnì）：城上短墙，又称女墙。梁欐（lì）：房屋的大梁。

3 数（cù）：密。

220

不为之于中州，而列是夷狄，更千百年不得一售其伎，是固劳而无用，神者傥不宜如是。则其果无乎？或曰："以慰夫贤而辱于此者。"或曰："其气之灵，不为伟人，而独为是物，故楚之南少人而多石。"是二者，余未信之。

【译文】

　　自西山道口一直朝北走，过黄茅岭往下，有两条路：一条向西延伸，走过去寻找，却没有遇见什么风景；另一条稍为偏北而向东，走不到四十丈远，路就被一条河挡住，有一座石山横在路的旁边。

　　石山顶部的形状像城墙和房屋的栋梁，旁边凸出的一块好像堡垒，有一个洞像门。往洞里看去，一片漆黑，投一块小石头进去，咚的一下有水的响声，那响亮的声音好久才停止。

　　石山有直达山顶的环绕小道，站在上面能看很远。石山上没有泥土却生长着树和竹子，形状奇特而且质地坚韧，它们分布得疏密有致、高低参差，好像是能工巧匠精心布置的。

　　唉！我怀疑这世上有没有造物者已经很久了，等看到这一切，便相信造物者是有的。但又奇怪他为什么不把这座小石城山放在人烟稠密的中原地区，而把它放在荒凉僻远的夷狄之地，使自己的技巧千百年来也不得展现，这真是费力而毫无用处，造物者似乎是不会这样做的。这样看来又好像确实没有造物者？

　　有人说："这些奇妙景色是用来安慰那些蒙受屈辱而被贬到此的贤人的。"也有人说："这个地方的灵气没能造就伟人，而单单造出优美的山水，所以楚地的南边少人才而多产奇峰怪石。"这两种说法，我都不相信。

江山风月，无常主人，得闲的便是主人。

做个富贵闲人去吧，那不是说金钱上的富贵，而是精神上的自由。凌晨三点半，观海棠花未眠，繁星满天。

看花听鸟

[清] 李渔

花鸟二物，造物生之以媚人者也。既产娇花嫩蕊心代美人，又病其不能解语，复生群鸟以佐之。此段心机，竟与购觅红妆，习成歌舞，饮之食之，教之诲之以媚人者，同一周旋之至也。而世人不知，目为蠢然一物，常有奇花过目而莫之睹，鸣禽悦耳而莫之闻者。至其捐资所购之姬妾，色不及花之万一，声仅窃鸟之绪余，然而睹貌即惊，闻歌辄喜，为其貌似花而声似鸟也。

噫！贵似贱真，与叶公之好龙何异？

予则不然。每值花柳争妍之日，飞鸣斗巧之时，必致谢洪钧，归功造物，无饮不奠，有食必陈，若善士信妪之佞佛者。夜则后花而眠，朝则先鸟而起，惟恐一声一色之偶遗也。及至莺老花残，辄怏怏如有所失。

是我之一生，可谓不负花鸟；而花鸟得予，亦所称"一人知己，死可无恨"者乎！

【译文】

花、鸟这两样东西，造物者造出它们是用来取悦人的。造物者产出娇嫩的花朵代替美人，又嫌它不能说话，于是造出各种鸟儿点缀。

这番心机，和寻觅购买美女，教她们歌舞，供给饮食，教诲她们取媚别人，是一样的。但世人不知道这一点，以为花鸟是愚蠢的东西，因此有人遇奇花而视若不见，听悦耳的鸟鸣声而耳若不闻。对于花钱买的姬妾呢，美色不及花的万分之一，声音仅偷得鸟鸣声的余韵，人人却惊叹她们的容貌，喜欢她们唱歌，只不过觉得她们貌美如花、声音婉转如鸟而已。

唉！珍视假的而糟践真的，跟叶公好龙有什么两样?

我就不一样了。每到花柳争妍、鸟儿鸣叫斗巧的时候，必感谢造物者，将功劳归于它，喝着酒祭奠，拿出食物祭祀，仿佛善男信女拜佛那样。晚上我要比花睡得晚，早上要比鸟儿起得早，唯恐漏听了一声、漏看了一色。等到黄莺老、百花凋的时候，就怏怏然若有所失。

我这一生，算得上不负花鸟了。而花鸟有我这个朋友，也算得上"一人知己，死可无恨"矣!

好一场盛世繁华！

百兽齐舞，万人欢腾，一排排的烟花腾空绽放，铺天盖地，夜幕瞬间变得绚丽多彩、万紫千红。色彩夺去了眼睛，喧嚣夺去了耳朵，我只想沉醉在这里，永远不出去！

鲁藩[1]烟火

[明] 张岱

兖州鲁藩烟火妙天下。

烟火必张灯，鲁藩之灯，灯其殿、灯其壁、灯其楹柱、灯其屏、灯其座、灯其宫扇伞盖。诸王公子、宫娥僚属、队舞乐工，尽收为灯中景物。及放烟火，灯中景物又收为烟火中景物。

天下之看灯者，看灯灯外；看烟火者，看烟火烟火外。未有身入灯中、光中、影中、烟中、火中，闪烁变幻，不知其为

1　鲁藩：鲁王藩府。张岱父张耀芳曾为鲁王府中长史。

王宫内之烟火，亦不知其为烟火内之王宫也。

殿前搭木架数层，上放"黄蜂出窠""撒花盖顶""天花喷礴"。四旁珍珠帘八架，架高二丈许，每一帘嵌孝、悌、忠、信、礼、义、廉、耻一大字，每字高丈许，晶映高明。

下以五色火漆塑狮、象、橐驼之属百余头，上骑百蛮，手中持象牙、犀角、珊瑚、玉斗诸器，器中实"千丈菊""千丈梨"诸火器，兽足蹑以车轮，腹内藏人。旋转其下，百蛮手中瓶花徐发，雁雁行行，且阵且走。移时，百兽口出火，尻亦出火，纵横践踏。端门内外，烟焰蔽天，月不得明，露不得下。看者耳目攫夺，屡欲狂易，恒内手持之。

昔有一苏州人，自夸其州中灯事之盛，曰："苏州此时有烟火亦无处放，放亦不得上。"众曰："何也？"曰："此时天上被烟火挤住，无空隙处耳！"人笑其诞。于鲁府观之，殆不诬也。

【译文】

兖州鲁王府的烟火可算得天下第一。

凡是有人放烟火，一定要挂彩灯，而鲁王府挂灯呢，大殿上要挂，墙壁上要挂，楹柱上要挂，屏风上要挂，客人的座位上要挂，宫扇伞盖上也要挂。此时，诸王、公子、宫娥、僚属、舞蹈队、吹鼓手，全成为彩灯下的景物。但待到放烟火时，彩灯下的景物又成为烟火下的景物。

天下看灯的人，都只看彩灯之外的灯；看烟火的，都只看烟火之外的烟火，从来没有人将自己纳入灯中、光中、影中、烟中、火中。而鲁王府放烟火时，光影闪烁变幻，让人搞不清到底是王宫内放烟火，还是烟火内出现了一个王宫。

鲁王府放烟火的时候，大殿前会搭起一座几层高的木架子，然后木架子上面放许多"黄蜂出窠""撒花盖顶""天花喷礴"等名字的烟火。木架的周围立八架珍珠帘，架子高两丈多，每一个珍珠帘上面还要镶嵌"孝、悌、忠、信、礼、义、廉、耻"等各一个大字，每个字则高一丈多，晶莹闪烁。

木架子下面放着用五色火漆塑成的狮、象、骆驼等野兽，有一百多头。骑在这些野兽背上的是四方各少数民族人物，他们手中则拿着象牙、犀角、珊瑚、玉斗等器物，其上装有"千丈菊""千丈梨"等火器。

这些兽类的脚上都装上车轮，腹内藏有人。在下边转动轮子，上边人手持的瓶花就慢慢开放出来，如大雁般排成队列行进。移动的时候，百兽口中会喷火，尾部也会同时喷火，纵横践踏，威风凛凛，好不热闹。

此时，正门内外，烟火蔽天，看不见月亮了，露水也不敢出来了。看烟火的人就像被眼前景物夺去眼睛、耳朵一般，屡屡兴奋得发狂，不得不极力控制着自己。

从前有一个苏州人，夸苏州那里举办灯节时的盛况，说：

"那时的苏州，你就算拿着烟火，也没有地方可放；就算放了，也上不去。"众人疑惑道："为什么？"答曰："因为天上已经放满了烟火，没有空隙了！"于是大家都笑他说怪话。如今看见鲁王府的烟火盛况，那个苏州人似乎不是在吹牛啊。

烟火人间，各有遗憾，求不得是常态，不圆满是生活。杨绛说：“时光煮雨，岁月缝花，这烟火人间，事事遗憾，事事也值得！”

面对无法改变的结局，你要坦然接受，与自己和解。其实你已经很幸福了，吃饱穿暖，没病没灾，还有三五知己。

珍惜当下，知足常乐，所谓人生，不过一半风雨，一半晴天，一半惊喜，一半遗憾。

恨赋

[南北朝] 江淹

试望平原，蔓草萦骨，拱木敛魂。人生到此，天道宁论？于是仆本恨人，心惊不已。直念古者，伏恨而死。

至如秦帝按剑，诸侯西驰。削平天下，同文共规，华山为城，紫渊为池。雄图既溢，武力未毕。方架鼋鼍¹以为梁，巡海右以送日。一旦魂断，宫车晚出。

若乃赵王既虏，迁于房陵。薄暮心动，昧旦神兴。别艳姬与美女，丧金舆及玉乘。置酒欲饮，悲来填膺。千秋万岁，为

---

1 鼋鼍（yuántuó）：动物名，即大鳖和俗称“猪婆龙”的扬子鳄。

怨难胜。

至如李君降北，名辱身冤。拔剑击柱，吊影惭魂。情往上郡，心留雁门。裂帛系书，誓还汉恩。朝露溘[1]至，握手何言？

若夫明妃去时，仰天太息。紫台稍远，关山无极。摇风忽起，白日西匿。陇雁少飞，代云寡色。望君王兮何期？终芜绝兮异域。

至乃敬通见抵，罢归田里。闭关却扫，塞门不仕。左对孺人，顾弄稚子。脱略公卿，跌宕[2]文史。赍志[3]没地，长怀无已。

及夫中散下狱，神气激扬。浊醪[4]夕引，素琴晨张。秋日

1　溘（kè）：忽然。

2　跌宕：沉湎、纵情放逸。

3　赍（jī）志：怀抱大志向。

4　醪（láo）：酒。

萧索，浮云无光。郁青霞之奇意，入修夜之不旸[1]。

或有孤臣危涕，孽子坠心。迁客海上，流戍陇阴，此人但闻悲风汩[2]起，血下沾衿[3]。亦复含酸茹叹，销落湮沉。

若乃骑叠迹，车屯轨，黄尘匝地，歌吹四起。无不烟断火绝，闭骨泉里。

已矣哉！春草暮兮秋风惊，秋风罢兮春草生。绮罗毕兮池馆尽，琴瑟灭兮丘垄平。自古皆有死，莫不饮恨而吞声。

【译文】

放眼望着平原，只见野草缠绕尸骨，墓边的树木聚敛魂魄。人生都走到这一步了，还要讨论什么天道呢？于是我等失意抱恨

1　不旸（yáng）：不光明。

2　汩（yù）：急，迅速。

3　衿（jīn）：同"襟"，衣襟。

的人，心惊不已，想到古人就那么含恨死掉了。

当秦始皇准备出剑时，各国的诸侯都到西方来朝见。他一统天下，让所有人用一种文字，车辆用相同轨距；把华山当作城墙，把紫渊当作护城河。而他宏伟的战略并未完全实现，武力并未用尽，因此他谋划远方，希望征服海外，但最终魂断离世。

至于赵国末代君主赵王迁，被流放到了房陵。傍晚时分，独自黯然神伤；然而到了早上，又精神百倍。他失去艳姬美女，失去了华丽的车乘，当想喝酒时，悲愤填膺。经过千秋万代，都难以承受这种怨恨。

李陵投降匈奴，名声被玷污自己也蒙冤。他悲痛得拔出剑砍着柱子，那虚影都伤痛那魂魄都羞愧。他向往上郡一带的边关，心中留恋雁门一带的战场，撕裂布帛来写信，发誓要回到汉朝。然而人生像朝露一样短暂，又能说什么呢？

王昭君出塞时，仰天叹气。君王住的紫台宫渐渐远了，前方的关隘山岭一座又一座没有尽头。突然大风刮起，夕阳西下。陇西郡附近连大雁都少见，代郡地区云气苍白。什么时候再与君王相见？最终只能老死异国他乡。

　　至于东汉被排挤的冯衍，罢官后回到故乡，闭门谢客，幽居而不再出来做官。和妻子恩爱，照看、哄着小孩子；对达官贵人轻慢而不拘礼节，对文艺与史学沉湎而放佚不羁。最后，胸怀大志而身埋地下，怀恨不已。

　　中散大夫嵇康入狱之时，神情激昂，在傍晚畅饮喝酒，在早晨弹琴。秋天萧条冷落，天上的白云惨淡无光。心中郁结凌云之志，现实如漫漫长夜见不到一丁点光明。

　　还有失势的臣子、失宠的庶子，哀伤哭泣，有的被贬到塞外的湖边，有的被流放、戍守在陇山之北。这些人只要听到凄厉的寒风急速地响起，血泪便落下打湿了衣襟。也就更加感到辛酸悲戚，然后被埋没而沉沦。

　　至于那些富豪权贵，坐骑多得足迹重叠，车马多得所过之处尘埃笼罩，深宅大院内歌声处处响起。然而没有不烟消火灭、尸骨埋葬于黄泉之下的！

　　还是算了吧！春草枯萎，秋风就会刮起；秋风停了，春草又
萌生。逝者华丽的衣裳、池台楼馆没有了，琴瑟消失，连他们的
坟墓也成为平地。自古以来人人都会死，没有不饮恨吞声而死
去的。

《克斯维尔的明天》里写道：
真正的告别，没有长亭古道，
没有劝君更尽一杯酒，就是
在一个平凡的清晨里，有人
留在昨天了。
把每一天都当作最后一天，
你会发现生活还有很多值得
留恋的地方；把每次分别当
作最后一次见面，许多人也
就值得纪念。
我们短暂交错，尾声潮落，
致敬这场遇见。

别赋

[南北朝] 江淹

黯然销魂者，唯别而已矣！况秦吴兮绝国，复燕宋兮千里。或春苔兮始生，乍秋风兮暂起。是以行子肠断，百感凄恻。风萧萧而异响，云漫漫而奇色。舟凝滞于水滨，车逶迟于山侧。棹[1]容与而讵前，马寒鸣而不息。掩金觞而谁御，横玉柱而沾轼。居人愁卧，怳[2]若有亡。日下壁而沉彩[3]，月上轩而飞光。见红兰之受露，望青楸之离霜[4]。巡层楹而空掩，抚锦幕

1　棹（zhào）：船桨，这里指代船。

2　怳（huǎng）：同"恍"，丧神失意的样子。

3　沉彩：日光西沉。

4　楸（qiū）：落叶乔木。离：通"罹"，遭受。

而虚凉。知离梦之踟蹰[1]，意别魂之飞扬。

故别虽一绪，事乃万族。至若龙马银鞍，朱轩绣轴，帐饮东都，送客金谷。琴羽张兮箫鼓陈，燕、赵歌兮伤美人，珠与玉兮艳暮秋，罗与绮兮娇上春。惊驷马之仰秣[2]，耸渊鱼之赤鳞。造分手而衔涕，感寂寞而伤神。

乃有剑客惭恩，少年报士，韩国赵厕，吴宫燕市。割慈忍爱，离邦去里，沥泣共诀，抆[3]血相视。驱征马而不顾，见行尘之时起。方衔感于一剑，非买价于泉里。金石震而色变，骨肉悲而心死。

或乃边郡未和，负羽从军。辽水无极，雁山参云。闺中风暖，陌上草薰。日出天而耀景，露下地而腾文。镜朱尘之照烂，袭青气之烟煴[4]，攀桃李兮不忍别，送爱子兮沾罗裙。

1 踟蹰（zhízhú）：徘徊不前的样子。

2 仰秣（mò）：抬起头吃草。

3 抆（wěn）：擦拭。

4 烟煴（yīnyūn）：同"氤氲"，云气笼罩弥漫的样子。

至如一赴绝国，讵相见期？视乔木兮故里，决北梁兮永辞，左右兮魄动，亲朋兮泪滋。可班荆兮憎恨，惟樽酒兮叙悲。值秋雁兮飞日，当白露兮下时，怨复怨兮远山曲，去复去兮长河湄。

又若君居淄右，姜家河阳，同琼珮之晨照，共金炉之夕香。君结绶[1]兮千里，惜瑶草之徒芳。惭幽闺之琴瑟，晦高台之流黄。春宫闷[2]此青苔色，秋帐含此明月光，夏簟清兮昼不暮，冬钆[3]凝兮夜何长！织锦曲兮泣已尽，回文诗兮影独伤。

傥[4]有华阴上士，服食还仙。术既妙而犹学，道已寂而未传。守丹灶而不顾，炼金鼎而方坚。驾鹤上汉，骖[5]鸾腾天。暂游万里，少别千年。惟世间兮重别，谢主人兮依然。

1　结绶：指出仕做官。绶，系官印的丝带。

2　闷（bì）：关闭。

3　钆（gāng）：灯。

4　傥（tǎng）：同"倘"。

5　骖：三匹马驾车称"骖"，此处用作动词。

　　下有芍药之诗，佳人之歌，桑中卫女，上宫陈娥。春草碧色，春水渌波，送君南浦，伤如之何！至乃秋露如珠，秋月如圭，明月白露，光阴往来，与子之别，思心徘徊。

　　是以别方不定，别理千名，有别必怨，有怨必盈。使人意夺神骇，心折骨惊，虽渊、云之墨妙，严、乐之笔精，金闺之诸彦，兰台之群英，赋有凌云之称，辨有雕龙之声，谁能摹暂离之状，写永诀之情者乎？

【译文】

　　最令人沮丧、失魂落魄的，莫过于离别。更何况秦国和吴国交通不便，燕国和宋国相隔千里。

　　当春天里的青苔刚刚生长，或者秋风乍起时，游子肝肠寸断，百感交集。风发出与往常不同的萧萧之声，白云漫漫而呈现出奇怪的颜色。船儿停靠在水边，车在山道徘徊不前；船桨迟缓怎能向前划动，马儿不住地凄凉嘶鸣。

　　盖住金杯吧，谁有心思喝酒；搁置琴瑟吧，泪水沾湿车前的轼木。留在家中的人怀着忧愁躺下，若有所失的样子。太阳慢慢移到墙下而最终消失，月亮爬上长廊而清辉满地。看到红兰上有了露珠，看到青楸上结了秋霜。巡行旧屋空掩起房门，抚弄锦帐枉生清冷悲凉。想必游子别离后梦中也徘徊不前，猜想别后的魂魄正飞荡飘扬。

　　虽然同样是离别，但情况却是不同的。那些骑乘骏马银鞍者，乘坐华美车子的富贵者，他们在东都门外设帐离别，或在洛阳的金谷园践行。酒席上琴瑟箫鼓一齐演奏，燕、赵的歌舞使佳人悲伤。她们佩玉戴珠在暮秋显得非常富艳，身着罗绮在早春显得格外娇丽。歌声使驷马惊呆，仰头咀嚼，深渊的鱼也跃出水面聆听。到分手时含泪离别，感受到别离的寂寞而伤神动情。

　　那些自感未报主人恩情的剑客、志在报恩的少年侠士，如刺杀韩相侠累的聂政、欲刺赵襄子于官厕的豫让、杀吴王的专诸、行刺秦王的荆轲，他们舍弃慈母娇妻，离开自己的国家乡里，哭泣着与家人离别，擦拭眼泪而互相看着。骑上马就不再回头，只见路上尘土飞扬。这是用一剑之情报感恩之遇，并非用生命换取声价。钟磬震响，懦夫脸色陡变，亲人悲痛得心死一样。

　　有时候边境狼烟起，壮士挟带弓箭从军。辽河水宽阔无边，雁门山高耸入云，然而家中闺房风暖，野外道路上绿草芬芳。太阳出来发出光辉，遍地的露珠闪烁着光彩；阳光照射红尘，灿烂明亮，春日的暖气显得浓郁。手折取桃李不忍分别，妻子送别丈夫从军，泪水打湿了裙衫。

　　至于要远去其他国家的人，哪有相见的日子？望着高大的树木看着故乡，在北边的桥梁上分别告辞。仆人伤感，亲朋也流泪。随地铺些柴草坐下诉别离情，举起酒杯叙述心中的悲伤，而此时又恰逢秋天大雁南飞、白露遍地。怨恨啊怨恨，在那远山的弯曲处；远行人走呀走呀，在那悠长的河边。

　　又如那丈夫远在淄水西面、妻子远在黄河北边的夫妻。曾经佩戴琼玉一起沐浴着晨光，傍晚在熏炉旁相对而坐，如今丈夫在千里之外做官。妻子叹惜时光虚度，无心弹琴，愧对深闺里的琴瑟；拉好高台的帷幕，以免看着远方发愁。

　　庭院关闭着绿苔春色，秋天时帐幕上映照着明月的清光，夏天守着清凉的竹席长日难熬，冬天对着昏暗的孤灯叹寒夜漫长！

在锦上写着回文诗啊，泪已流尽，对影独伤。

或者有那华山的道士，服食丹药以求成仙。仙术已经很高妙了还在修炼，道行很深只是未得流传。他们一心守着炼丹炉，不思念人世，意志坚定；乘坐白鹤飞上银河，骑着鸾鸟升腾中天；认为万里只是短暂之游，一千年的分别也很短暂。只是世间看重离别，与世人告别时依然非常留恋。

世间有男子思慕女子的情歌，有赞颂美人的歌唱，男女在桑中幽会，上宫相约。当春草碧绿、春水泛波时，分手于南浦水边，那是多么悲伤！至于到了秋天，清露如珠，明月如玉，月影露光忽明忽暗，与情人相别，眷恋不舍。

所以，离别的情况不一样，分别的原因也不同，但有离别必有哀怨，哀怨必然充塞在心中，使人失魂落魄，心惊骨颤。即使扬雄、王褒有文才，严安、徐乐有精妙的文笔，即使是有才华的金门文士、浩博的兰台群英，写赋有"飘飘凌云"般的美誉，文辞华美获得雕镂龙文的名声，又有谁能描摹离别时刻的情状、叙写分手长别时的伤情呢？

当一个人踮起脚尖靠近太阳的时候，全世界都挡不住他的阳光。

做人不妨豁达点，洒脱处世，生活也就没了鸡毛蒜皮。

粗茶淡饭饱三餐，早也香甜晚也香甜；笑看人间沉浮事，闲坐摇扇一壶茶。

陋室铭

[唐] 刘禹锡

山不在高，有仙则名。水不在深，有龙则灵。斯是陋室，惟吾德馨。苔痕上阶绿，草色入帘青。谈笑有鸿儒，往来无白丁。可以调素琴，阅金经。无丝竹之乱耳，无案牍之劳形。南阳诸葛庐，西蜀子云亭。孔子云："何陋之有？"

【译文】

山不在于高，有仙人居处就能天下闻名。水不在于深，里面有龙就有灵气。我这间简陋的屋子啊，全因我德行芳馨而感觉不到简陋了。

　　青苔长到庭阶上，一片新绿；草色映入帘中，一片生青。到这里谈笑的都是有学问的人，来来往往的没有无文化的人。

　　平时可以弹弹琴，也可以读读经书。既没有繁弦促管来搅扰双耳，也没有官府的公文来烦劳身心。南阳有诸葛亮的草庐，西蜀有扬子云的亭子。正如孔子所说："有什么简陋的呢？"

我们终其一生，不是为了活成别人眼中的样子。有人三分钟泡面，有人三小时煲汤，我只做我自己就好。若有人陪你颠沛流离，那便风雨前行；如果没有，愿你成为自己的太阳。你选择了你想要的方式，就坚定地走下去。虽千万人吾往矣！

五柳先生传

[晋] 陶渊明

先生不知何许人也，亦不详其姓字，宅边有五柳树，因以为号焉。闲静少言，不慕荣利。好读书，不求甚解；每有会意，便欣然忘食。

性嗜酒，家贫不能常得。亲旧知其如此，或置酒而招之；造饮辄尽，期在必醉。既醉而退，曾不吝情去留。

环堵萧然，不蔽风日；短褐穿结[1]，箪[2]瓢屡空，晏如也。

---

1 褐：粗毛或粗麻织的衣服，为穷苦人所穿。穿结：指破洞和补丁，形容衣服破烂。

2 箪（dān）：竹制盛器，多用以盛饭。

常著文章自娱，颇示己志。忘怀得失，以此自终。

赞曰：黔娄[1]之妻有言："不戚戚于贫贱，不汲汲于富贵。"其言兹若人之俦乎？衔觞赋诗，以乐其志。无怀氏之民欤？葛天氏之民欤？

【译文】

五柳先生不知是什么地方的人，也不知道他的姓和字，因为住的房子外有五棵柳树，所以他就用"五柳"作为自己的号。先生为人喜欢清闲安静，不爱说话，也不贪图名利。他喜欢读书，但不拘泥于字、句的解释，读书每有心得时便高兴得忘记吃饭。

先生又酷爱喝酒，只是家里穷而不能经常买酒。他的亲戚和老朋友知道他的情况，有时就备好酒请他去喝。他去了一定会把酒给喝完，以期望喝醉。喝醉后就马上回家，从来不把他们的挽

1　黔（qián）娄：春秋时鲁国人，以清贫自守，不愿出仕。

留之情放在心上。

　　先生家中只有四面墙壁，空荡荡的，墙还不能遮风避雨；身上穿的粗劣短布衣服除了破洞就是补丁，盛饭的箪和舀水的瓢常常是空的，但他却毫不在意。先生平时写些文章自娱自乐，以此表明自己的志向。他渴望忘掉世俗的得失，就这样默默过完一生。

　　赞语说道：黔娄的妻子曾说："面对贫困、地位低贱而不悲伤，面对荣华富贵而不迫切追求。"她的话说的就是五柳先生这一类人吧？手里拿着酒杯口中念着诗，五柳先生以此来愉悦自己的情志。不知他是无怀氏时代的百姓呢，还是葛天氏时代的百姓？